Dirección editorial:
Departamento de Literatura GE

Dirección de arte:
Departamento de Diseño GE

Diseño de la colección:
Manuel Estrada

*El 0,7% de la venta de este libro
se destina al Proyecto «Mejora
de la Calidad y oferta educativa
del ciclo diversificado del Instituto
Tecnológico Quiché de Chichicastenango
(Guatemala)», que gestiona la ONG
Solidaridad, Educación, Desarrollo (SED).*

1ª edición, 4ª impresión: agosto 2017

Título original: *O carteiro de Bagdad*
© Del texto: Marcos S. Calveiro
© De las ilustraciones: Miguel Ángel Díez
© De esta edición: Grupo Editorial Luis Vives, 2009

Impresión:
Edelvives Talleres Gráficos. Certificado ISO 9001
Impreso en Zaragoza, España

ISBN: 978-84-263-7286-4

ALA DELTA

EDELVIVES

El cartero de Bagdad

Marcos S. Calveiro

Ilustraciones
Miguel Ángel Díez

Traducción
Ignacio Chao

A Lucas y Zoe, cuyos días no comienzan bajo el estruendo de las explosiones y de los disparos.

Novela ganadora del
XVIII Premio Ala Delta de Literatura Infantil

El jurado se reunió el 6 de septiembre de 2007.
Estaba compuesto por Carmen Blázquez (crítica literaria),
Pilar Careaga (editora), Carmen Carramiñana (profesora),
Lydia Carreras de Sosa (escritora),
Marina Navarro (bibliotecaria) y
M.ª José Gómez-Navarro, como presidenta.

«En Babilonia había un espejo de azogue.
Si un hombre se encontraba ausente, en otro lugar,
y alguien deseaba conocer su paradero o su situación,
se miraba en ese espejo y entonces podía recibir
noticias del desaparecido».

Al-Qazwini

1

EL LEVANTADOR DE PESAS

La historia personal de Abdulwahid comienza muy lejos de las calles de Bagdad, en donde vino al mundo hace once años. Se remonta a una calurosa mañana de verano de 1960. Ese día, el levantador de pesas iraquí Abdulwahid Aziz obtuvo una medalla de bronce en los Juegos Olímpicos que se celebraban en Roma. El atleta iraquí, que participaba en la categoría de 67,5 kilos, se encomendó a Alá *Al-Wahhab*, el Dador de todas las cosas, asió con fuerza la barra metálica y, liberando un grito aterrador, elevó la haltera, en arrancada, por encima de su cabeza. Con ese gesto fugaz y con su titánico esfuerzo, pasó a la historia para siempre, convertido en un héroe por todos sus compatriotas, desde Mosula Basora.

Hoy, casi cinco décadas después, sigue siendo el único deportista de su país que ha logrado una medalla olímpica. Y habrán de pasar, por desgracia, muchos años antes de que algún otro consiga inscribir su nombre en el medallero de unos juegos.

Fue Ibrahim quien le contó muchas veces a su hijo Abdulwahid la hazaña del levantador de pesas. Recordaba como si fuera ayer, a pesar de que entonces él tenía sólo cinco años, el recibimiento que le brindaron en la ciudad: cómo el laureado Abdulwahid había sonreído y saludado durante horas desde un gran carro sin capota que recorrió las principales avenidas de Bagdad, alfombradas para la ocasión con pétalos de flores. La multitud abarrotaba las aceras y, ante la presencia de su campeón, agitaba, enfebrecida, las ramas de laurel que habían portado desde los arrabales.

Llegó gente de todo el país en peregrinación: fieros kurdos desde el norte, sunitas desde el sur y chiitas desde la ciudad santa de Nayaf. Para todos ellos, sin excepción de ninguna clase, Abdulwahid era su campeón.

—Las calles de la ciudad jamás volvieron a oler como aquel día —afirmaba Ibrahim.

Abdulwahid observaba perplejo los ojos de su papá, que centelleaban como el fuego que, en ocasiones, encendían en la almunia para cocinar a la parrilla.

—Jamás —añadía Ibrahim, melancólico, mientras inspiraba enérgicamente por su nariz respingona.

Intentaba así recobrar aquella fragancia de la niñez que sabía perdida para siempre.

Ahora, esas mismas calles y avenidas huelen a pólvora y a muerte, y están tapizadas de escombros y escoria.

—¿Y lograste ver la medalla de bronce? —pregunta Abdulwahid.

—Había demasiada gente en el desfile y yo me encontraba algo lejos, pero supongo que Abdulwahid la llevaría colgada del cuello.

—¿Y dónde está ahora?

Ibrahim duda unos instantes ante la pregunta de su hijo. Abdulwahid, impaciente, reincide:

—¿En algún museo?

—No, hombre, la tendrá guardada en su casa —le responde con énfasis su papá, consciente de la mentira que está contándole al niño.

—Pero ¿aún vive?

—No estoy muy seguro, Abdulwahid.

—¿Y cuántos años tendrá ahora?

—Debe ser muy anciano. Por lo menos, tantos como tu abuela.

En realidad, Ibrahim ignora si Abdulwahid vive todavía. Sabe bien que, en estos tiempos inciertos, la vida de los vecinos de cualquier barrio de la ciudad concluye y comienza cada atardecer. Llegar al final de la jornada es para todos un milagro: el éxito diario de su existencia entre explosiones, disparos y metralla.

El relato de Ibrahim concluía siempre del mismo modo, con unas palabras que Abdulwahid sabía de memoria desde muy niño: «Por ese motivo te llamas como te llamas, en homenaje a aquel pequeño gran hombre».

E, igualmente, se cerraba con la misma disputa entre papá e hijo.

—¿Y cuántos kilos dices que levantó? —preguntaba Abdulwahid con curiosidad.

—¡Ya estás otra vez con lo mismo! —respondía Ibrahim con gesto de desagrado.

—¡Es que me gustaría saber cuántos kilos levantó!

—Te he dicho un millón de veces que no lo sé. Pasó tanto tiempo que lo olvidé.

—¿Y el que ganó la medalla de oro? —insistía Abdulwahid.

—¡Tampoco lo sé! —se quejaba Ibrahim como un camello.

—¿Y el de la medalla de plata?

—¡Ay, no molestes! ¿Te estás burlando de mí, bobo?

—¿Serían trescientos kilos?

—¡Abdulwahid! —gritaba Ibrahim, harto del interrogatorio y de la insistencia de su hijo.

—Está bien, papá. Simplemente, tenía curiosidad.

Pasarán sólo unas semanas antes de que Abdulwahid vuelva a escuchar de boca de su papá la misma cháchara. Y acabarán discutiendo otra vez, cosa que a ninguno le importa. Es una pequeña disputa a la que ya están acostumbrados y en la que uno y otro interpretan con maestría su respectivo papel. Un breve teatro para olvidar las penurias y las miserias que los rodean.

Ibrahim piensa que estos combates incruentos fortalecen el espíritu de su hijo; que le servirán de mucho el día que tenga que marcharse y afrontar lo que le espera fuera. Para Abdulwahid son sólo un juego divertido en el que compite consigo mismo. Un reto personal con el que intenta que su progenitor pierda la paciencia lo antes posible.

Abdulwahid ayuda ahora a su papá a arreglar la moto en el patio trasero de la casa. Ibrahim lo observa. Año tras año, aquel enano se ha convertido en un muchacho casi tan alto como él. Fatiha no se cansa nunca de decir que son igualitos. «Eso sí, los ojos del niño son los míos», añade orgullosa. Abdulwahid es delgado como una astilla, con los brazos y las piernas de alambre. Una mata de cabello

liso, negra como las noches de la ciudad, le cubre la cabeza. Por las mañanas no hay quien le pase una peinilla. Precisamente ese flequillo indomable es, desde siempre, motivo de las bromas de sus compañeros de escuela.

—¡Parece que llevas en la cabeza el pellejo de un gato muerto! —le dicen para chuzarlo.

A pesar de su aparente debilidad, puesto a correr detrás del autor del insulto, Abdulwahid acaba siempre por cogerlo.

Abdulwahid también examina a su papá. Tiene la impresión de que no sabe nada de mecánica. Las groserías que salen de su boca continuamente, mientras hurga en el motor, parecen confirmarlo.

A estas horas el sol pega fuerte en Karrada, una zona residencial de Bagdad, atravesada por largas avenidas, que linda por el oeste con la universidad y por el este, con el barrio de Al-Wahdah. En este límite se amontonan docenas de casuchas entre un laberinto de callejuelas en el que es sencillo perderse si no se anda con mucho tino. En el centro de ese humilde grupo de casas se encuentra la de Abdulwahid, una casita de adobe de una sola planta y una almunia trasera.

Karrada queda en el margen derecho del río Dichla, que es como los bagdadíes llaman al Tigris. Ocupa toda la península formada por uno de los grandes meandros que el río describe al atravesar la ciudad. Se trata de un barrio variopinto, pues en él habitan tanto cristianos como musulmanes, chiitas y sunitas. Por encima de las casitas de caña y barro, se estiran hacia el cielo anaranjado las espadañas de algunas iglesias y los minaretes de las mezquitas, desafiándose por ver cuál llega más alto, como en una inocente diversión infantil.

Una larga calle, llamada Arasat el Hindiye, cruza el barrio de un extremo al otro. Antes de la guerra era un lugar bullicioso, atestado de gente alegre que acudía a sus numerosos bares y restaurantes. Entonces no había problemas de aprovisionamiento y se podía pedir, sin ninguna dificultad, cerveza, vino e incluso champán a los atareados meseros.

Abdulwahid todavía recuerda la noche de verano que compartió con sus papás un cordero con dátiles y especias en uno de esos restaurantes. Hasta Ibrahim, entusiasmado por las apetitosas tajadas que se deshacían en la boca sin ayuda de los dientes, soltó una blasfemia inocente.

—Este cabrito haría las delicias del mismísimo Profeta —dijo relamiéndose.

—¡Ibrahim, cuidado con esa lengua! —lo regañó Fatiha, su mujer, con severidad.

Abdulwahid sonrió ante la mirada de complicidad que le dirigió su mamá. Ibrahim, avergonzado por la reprimenda en presencia de su hijo, bajó la cabeza y siguió con su banquete.

Ahora casi todas las tiendas permanecen cerradas a cal y canto, con las ventanas y las puertas tapiadas con tablas y láminas metálicas. Los locales que aún subsisten ya no tienen patios abiertos y están protegidos con bolsas de tierra. El bullicio se transformó en un pesado silencio que los apocados peatones, que atraviesan la calle a marchas forzadas, parecen cargar sobre los hombros.

Abdulwahid sujeta las herramientas mientras su papá coloca la bujía, una vez que comprueba que está limpia, en su sitio. «¡Tiene las manos llenas de aceite! ¡La va a poner perdida!», piensa. La moto es nuevecita. Todavía conserva la funda de plástico sobre el asiento de cuero y sus piezas cromadas relucen con los rayos del sol. Se la entregaron en la estafeta hace sólo unas semanas.

Ibrahim, el papá de Abdulwahid, es cartero. Montado en su moto, reparte el correo por las callejas del barrio de Karrada, en el margen derecho del río Tigris, en la ciudad de Bagdad. La misma que hace más de mil doscientos años fundó, cerca de las ruinas de la antigua Babilonia, el califa Al-Mansur para ser capital del Islam. La que llegó a ser la ciudad más grande de la Tierra. La misma que fue conocida como la Ciudad de la Paz o la Ciudad Esmeralda. Pero eso fue antaño, hace mucho, mucho tiempo.

2

Lección de geografía

Nada cambia en Bagdad. Los meses concluyen con el final de la luna nueva. Unas noches después, el resplandeciente *hilal*, el delgado hilo blanco de la luna, anuncia en el cielo oscuro el cuarto creciente. *Safar*, el segundo mes del año, comienza como los anteriores, bajo la barahúnda de las explosiones y de los disparos.

Abdulwahid juega en la almunia con un helicóptero de plástico. Siente en la lejanía el runrún del motor que anuncia la llegada de su papá. Deja el juguete, el único que tiene, y corre hacia la puerta delantera de la casa.

La moto viene tambaleándose de un lado a otro de la calleja. Ibrahim sostiene con fuerza el manubrio e intenta mantener el equilibrio, pero el firme, lleno de surcos y socavones, se lo impide. En uno de los bandazos a punto está de atropellar a un perro despistado que husmea en un montón de basura. El animal salta un muro y escapa aullando del asesino motorizado. Son, desde luego, malos tiempos para los perros de Bagdad; también para los hombres, las mujeres y los niños.

En un último esfuerzo, Ibrahim llega hasta donde espera Abdulwahid, que procura contener la risa para no ofender a su papá. Ibrahim frena, por fin, aquella máquina infernal, se baja de ella y respira aliviado.

—¡Hola, Abdulwahid! ¿Qué tal? —pregunta el motorista, jadeando tras su peligrosa carrera.

—Bien —responde, casi incapaz de reprimir las carcajadas.

—Me alegro. Ayúdame, ven.

Abdulwahid echa una mano a su papá y entre los dos empujan la moto hacia la almunia. Una vez allí, Ibrahim descubre lo que anhela la mirada de su hijo.

—¿Quieres montar?

—¿Puedo? —responde Abdulwahid con timidez.

—Pues claro, hombre. Pero no la balancees mucho, no vaya a ser que...

—Muy bien, papá —interrumpe Abdulwahid, emocionado, sin que aquél tenga tiempo de concluir la advertencia.

Ibrahim abre la caja del correo de la moto, extrae un paquete envuelto en papel periódico y entra en la casa. Abdulwahid se queda fuera, manejando a toda velocidad y ladeándose en las curvas más cerradas de su imaginación.

—Te dejo aquí este pescado que conseguí en la plaza —dice Ibrahim a su mujer, sin haberla saludado antes, dejando el paquete al lado del hornillo.

—Muy bien. ¿Qué tal el día?

—Si te soy franco, paso más miedo encima de ese vehículo del que sentí en las trincheras del desierto en la guerra contra los iraníes.

—Estoy cansada de decirte que no me gusta que hables de la guerra delante de

Ahdulwahid —lo reprende ella sin levantar la mirada de la camisa que está remendando.

—¡Pero, mujer, si es casi un hombre! ¡Con lo que ve y escucha todos los días en las calles, qué importa! ¿O no te has enterado de que ahí fuera se libra una guerra?

—Lo sé perfectamente. Pero cuanto menos conozca de eso, mejor.

Ahdulwahid imita ahora, en la almunia, los rugidos del motor, como si acelerara en una recta de salida. A Ibrahim le parece chistoso, pero, enfrascado como está en una discusión con Fatiha, evita sonreír delante de ella. Si lo hace, llevará las de perder.

—Pues gracias a la guerra y a haberme licenciado allí, obtuve mi puesto de cartero —prosigue Ibrahim.

—¿No crees que sería mejor huir? —pregunta Fatiha, mirándolo esta vez a él.

—¿Y adónde vamos? ¿A Jordania, con la quisquillosa de tu prima?

—Ella me dijo que no están mal, Ibrahim. Cree que podrían ayudarnos.

—Sí, mujer, lo sé. Pero su marido tiene dinero. Nosotros no tenemos ni un dinar.

Abdulwahid entra corriendo en la casa. Sus papás se callan para que no se percate de su discusión. La casucha no tiene divisiones en su interior, ni, por supuesto, un simple baño. Presta ese servicio una vieja letrina que hay en la almunia.

La vivienda no pasa de un espacio rectangular que sirve de cocina, salón y dormitorio. En una de las esquinas hay una vieja cocina de leña. Sobre ella descansa un hornillo en el que Fatiha prepara esos platos deliciosos que a Abdulwahid tanto le gustan. Una mesa baja, de forma circular, preside el centro de la estancia, en torno a la cual se amontonan varios cojines, desgastados unos, remendados los otros. Los menguados enseres de valor de la familia —algunos libros de Ibrahim y las pocas piezas de una vajilla de plata, regalo de boda, que aún no vendieron— se mezclan con los utensilios de uso diario sobre unos estantes carcomidos que hay junto a la ventana que da a la almunia. En otro rincón está la máquina de coser con la que Fatiha confecciona, de vez en cuando, algún vestido para las vecinas, lo que le permite sacar unos dinares. Las paredes encaladas están desnudas, sin adornos. Sólo merece el honor de decorar la casa, como si fuera una obra de arte, un marco con una foto amarillenta de periódico en la que se ve al levantador de pesas Abdulwahid Aziz sonriendo a la cámara. Es el último rostro ajeno que Fatiha, Ibrahim y Abdulwahid observan cada noche antes de acostarse en sus colchones, alineados en el suelo sobre una estera de palma.

Abdulwahid corre a su esquina y saca una revista que esconde entre la estera y el colchón. Se trata de un ejemplar muy usado de *National Geographic* con el que su papá apareció hace unos meses, cuando aún hacía el reparto a pie con la bolsa a cuestas. Lo trajo de la estafeta, en donde se amontonaba junto a otro correo sin repartir. Su destinatario, como tantos otros, habría muerto o huido de Bagdad. Por lo que le contó a Ibrahim un compañero, en la dirección que figuraba en el sobre sólo había un enorme socavón. La casa había desaparecido junto a otras muchas del contorno y entre los escombros aún se adivinaban algunas pertenencias de los antiguos propietarios. Parecía mentira que, con todo lo que estaba sucediendo en la ciudad y en el resto del país, un suscritor pudiera recibir su publicación favorita, aunque fuese con meses de retraso.

La revista ofrece en sus páginas centrales un mapamundi en el que a Abdulwahid le gusta buscar países. Todos los días, cuando su papá llega del reparto, le pregunta con impaciencia.

Ibrahim sabe lo que le espera en cuanto ve a su hijo con la *National Geographic* entre las manos.

—¿Qué, ha finalizado ya tu carrera?

—Sí, sí. Dime, ¿de dónde venían hoy?

—Poca cosa hubo, Abdulwahid —contesta Ibrahim sonriendo, a pesar de la rana con Fatiha.

—¡Pero algo habría...!

—Déjame recordar... Sí, había una que venía de Creta.

—¿Creta? —pregunta Abdulwahid, sorprendido.

—Sí. Es una isla griega, en el mar Egeo.

—Voy a ver.

Abdulwahid se tira en el suelo y abre la revista. Sigue con su dedo el hilo azul del caudaloso Éufrates, llega a Siria y, desde la ciudad de Alepo, salta al mar Mediterráneo. Enseguida localiza la isla: es muy grande y tiene forma alargada. Parece una figura acostada sobre las aguas.

—¡Aquí está! La capital se llama Heraclion y la montaña más alta, Idhi. Tiene 2456 metros de altura.

—Sí, sí, todo eso está muy bien. Pero tu mapa no lo cuenta todo —interviene Fatiha.

—¿Ah, no? —pregunta Abdulwahid levantando la vista del mapamundi.

—Tu mamá tiene razón. Ahí no dice nada del laberinto —replica Ibrahim, resignándose a contar una nueva historia.

—¿Qué laberinto? —pregunta Abdulwahid con los ojos abiertos como platos.

Ibrahim se sienta al lado de su hijo y comienza a desenredar el hilo de la historia. Abdulwahid no le despega los ojos de encima y escucha encandilado sus palabras.

—Hace mucho, mucho tiempo, cuando el Profeta aún no había pisado la tierra de nuestros antepasados, gobernaba la isla de Creta un poderoso rey llamado Minos. Le había mandado construir a Dédalo, el arquitecto real, un gran laberinto, una intrincada tela de araña de largos corredores y cientos de puertas, en el que era imposible encontrar la salida. En él estaba encerrado el Minotauro, un monstruo con cabeza de toro y cuerpo de hombre. Cada año llegaban a la isla siete muchachos y siete muchachas desde Atenas para servir de desayuno al monstruo. A empujones, los soldados minoicos los metían en el laberinto, en donde se perdían. Y allí, uno por uno, iban cayendo en las fauces del Minotauro...

—¿Y después? ¿Se los comía?

—No dejaba ni los huesos —ríe Ibrahim mirando a Abdulwahid—. Pero no me interrumpas. Déjame acabar.

»Y así ocurrió año tras año. Hasta que un día, entre los muchachos destinados al sacrificio, llegó un príncipe ateniense llamado Teseo. Ariadna, la hija del rey Minos, se enamoró de él nada más verlo. Cuando Teseo derrotó al Minotauro, logró salir del laberinto siguiendo el hilo que Ariadna le había entregado. Gracias a ella y a su inteligencia, pudo encontrar el camino de salida y salvarse de una muerte segura. Después, los dos huyeron felices en un barco y pusieron rumbo a Atenas, en donde Teseo era heredero del trono de su papá, Egeo.

Abdulwahid se queda asombrado con el cuento de su papá y busca en su mapamundi el reino de Teseo.

—Ibrahim..., ésa no es toda la historia —añade Fatiha.

—Sí, ya lo sé, mujer. Pero al niño le da lo mismo.

—No, no. Acábala, por favor —pide Abdulwahid, dejando la revista e intrigado por la intervención de su mamá.

—Pues..., en el viaje de vuelta, Teseo abandonó a Ariadna en la isla de Naxos.

—¿Después de haberlo ayudado?

—Pues sí, hijo mío. Para que veas cómo le pagó a la pobre. Los hombres enseguida olvidan lo que las mujeres hacen por ellos —puntualiza Fatiha.

Abdulwahid piensa que él no habría abandonado a la buena de Ariadna después de que le ayudara a salir del laberinto. La convertiría en su reina y juntos gobernarían Atenas hasta el fin de sus días.

Así, con cada país que Abdulwahid encontraba en el mapamundi, comenzaba a viajar con las palabras de su papá y de su mamá. Un viaje que, durante unos instantes maravillosos, lo llevaba lejos, muy lejos de Bagdad. Muy lejos del estruendo de las bombas, de los disparos y de las ambulancias. Muy lejos de la guerra.

3

UN PEQUEÑO MILAGRO

Nada cambia en Bagdad. Los meses concluyen con el fin de la luna nueva. Unas noches después, el trémulo *hilal* anuncia en el cielo oscuro el cuarto creciente. *Rabi segundo,* el cuarto mes del año, comienza como los anteriores, bajo el estruendo de las explosiones y de los disparos.

Todos los atardeceres de *al-yumaa,* los viernes, considerados días de reunión, se produce un pequeño milagro en la ciudad. Durante unos instantes mágicos, el silencio se extiende por avenidas, calles y callejones. Cesan las explosiones y los tiros. Se detienen las ambulancias y los tanques. Y los helicópteros estadounidenses, que zumban a todas horas como abejorros sobre el horizonte, callan también.

Puntuales, los muecines llaman a los fieles desde los minaretes de las mezquitas para el *salat* de la tarde, la oración más importante de la semana. El eco de sus voces disonantes se expande por todas las esquinas de la urbe. Supone un alivio para los que en ella habitan. Todo es paz y sosiego durante la ilusoria brevedad de ese espejismo. Cuando las voces se apagan, el estruendo de la guerra vuelve, con sus estallidos, bocinas y alarmas. El milagro desaparece entre el olor acre de la pólvora y, para desconsuelo de los bagdadíes, la dura realidad se abre paso de nuevo entre el incesante repiqueteo de los abejorros grises.

Abdulwahid ya no acompaña a su papá al rezo de *al-yumaa*. Ibrahim dejó de llevarlo hace un año, cuando una bomba explotó en la mezquita de Al-Askari, en Samarra, una ciudad situada cien kilómetros al norte de Bagdad, y voló por los aires su cúpula dorada.

A partir de ese momento, las mezquitas de todo el país, tanto chiitas como sunitas, comenzaron a sufrir atentados.

—No puede ser, Abdulwahid. Se ha vuelto muy peligroso. Tienes que quedarte en casa. Esos condenados ya no respetan ni los lugares sagrados —había dicho Ibrahim.

—¡Pero yo quiero ir, papá! ¡Siempre estoy aquí encerrado! ¡No es justo! —se había quejado Abdulwahid.

—Justicia, justicia...! —grita enfurecido Ibrahim—. Te voy a hablar yo de justicia: ¿es justo que las mujeres y los niños mueran en los zocos por la metralla? ¿Es justo que...?

—¡Ibrahim, calma, el chico no tiene la culpa de nada! —pedía Fatiha, intentando tranquilizarlo.

Ibrahim ya no puede más. Si por él fuese, se marcharían a Jordania y olvidarían para siempre esta ciudad maldita. Así es imposible vivir. Fatiha apenas sale a la calle y Abdulwahid, el pobre, tuvo que dejar la escuela y lleva meses jugando solo en la almunia. Pero, con los escasos dinares que cobra por su trabajo, poco puede hacer. Empieza a estar desesperado, y eso que para él no hay nada mejor que trabajar de cartero seis días a la semana, excepto los viernes. No le importan los peligros que se esconden detrás de cada esquina, en cada encrucijada de su ruta.

Y luego está esa carta, ese sobre que desde hace varias semanas esconde en su bolsillo. Lo acompaña desde hace más de cuarenta días, portándolo como si fuera una pesada carga sobre su conciencia. Ibrahim sabe que en estos tiempos oscuros una noticia puede salvar una vida o resucitar un muerto. Ésa es la razón de que tenga que encontrar a su destinatario.

—No es sólo un sobre, un sello y la tinta de las palabras que lleva escritas. Es algo más que un pedazo de papel. Es algo sagrado, Abdulwahid —afirma Ibrahim solemne.

—No lo entiendo, papá. Para mí sigue siendo un simple papel —le dice Abdulwahid con escepticismo.

—Tienes que pensar que, en medio de esta destrucción, la gente quiere saber de los suyos: si están vivos y cómo les va. Tener noticias de un familiar perdido entre los

escombros de la guerra puede darnos ánimos para continuar viviendo y no rendirnos...

Ibrahim busca con la mirada a Fatiha, esperando la aprobación a sus palabras. Ella, emocionada por el discurso de su marido, mueve ligeramente la cabeza y añade:

—... ante esta violencia sin sentido. Si seguimos así, matándonos los unos a los otros, desapareceremos. El simún cubrirá de arena nuestras casas y no quedará ni huella de nosotros sobre esta tierra seca. Nos extinguiremos.

—¿Y las cartas acabarán con la guerra? —pregunta Abdulwahid con inocencia.

—No, pero es una manera de aferrarnos a la vida. Una manera de aportar un poco de normalidad entre tanto desastre. Por eso arriesgo todos los días la vida para entregar esas cartas. Mientras el cartero siga llamando a la puerta, aún quedará una esperanza para que esta locura termine.

Abdulwahid mata el tiempo jugando en la almunia. Antes, su amigo Ahmed todavía se acercaba a jugar con él. Vive en una casucha de adobe, al final de la callejuela, con sus papás, sus cuatro hermanos y su hermana. Las dos familias se habían llevado siempre muy bien. Pero, desde lo de las bombas en las mezquitas, a Ahmed no le permiten jugar con él. Su familia es chiita.

—Pero ¿por qué no lo dejan, papá?

—Porque nos culpan de la bomba en la mezquita de Samarra.

—¿A ti? —preguntaba Abdulwahid, incrédulo, ante la sospecha de que su papá pudiera ser un guerrillero.

—No, a los sunitas. Y como nosotros lo somos, pues, ya ves.

—¿Tan importante era aquella mezquita? En Bagdad hay cientos.

—Para los chiitas sí, pues allí estaban enterrados dos de sus imanes más venerados.

—Pero ¿no somos todos musulmanes?

—Pues sí, y todos seguimos las enseñanzas del Profeta y de su Libro.

—¿Y ellos practican la oración?

—Sí, Abdulwahid.

—¿Y la limosna?

—Pues claro, Abdulwahid.

—¿Y el ayuno?

—También, Abdulwahid.

—¿Y tienen el deber de peregrinar a La Meca?

—Sí, Abdulwahid, como todo buen musulmán.

—Entonces son como nosotros. No veo ninguna diferencia.

—La hay, pero tú eres muy joven para entenderla. Los chiitas siguen las enseñanzas de sus imanes al pie de la letra, pues, como descendientes directos del Profeta, para ellos son infalibles.

—Y nosotros, que somos sunitas, obedecemos la potestad de los califas —dice Abdulwahid con resolución.

—¡Muy bien, Abdulwahid! —anima Ibrahim a su hijo, sabiendo que las diferencias que separan a las dos ramas van mucho más allá de unos imanes y unos califas—. Veo que tus visitas a la mezquita sirvieron de algo.

Abdulwahid, a pesar de los ánimos de su papá, se siente apesadumbrado. No quiere que Ahmed piense que él tuvo algo que ver con aquella bomba. A él le da igual que sea chiita. ¡Aunque fuera cristiano! Es su mejor amigo. Juntos aprendieron a caminar en la almunia. Eso es lo que verdaderamente importa.

—Abdulwahid, tengo que irme a la mezquita. Ya sabes que no puedes salir.

—¿Puedo ir?

—Ya has oído lo que decidimos tu mamá y yo, no insistas. ¡No seas terco, hombre!

Ibrahim se va y deja a su hijo solo en la almunia. Abdulwahid escucha con atención cómo se hace el silencio en Bagdad durante esos instantes mágicos. La brisa de la tarde le trae las llamadas a los creyentes desde los minaretes. Abdulwahid intenta distinguir las voces de los muecines chiitas de las de los sunitas, pero no es capaz. Para él son todas iguales.

4

LA ZONA VERDE

Nada cambia en Bagdad. Los meses concluyen con el final de la luna nueva. Unas noches después, el trémulo *hilal* anuncia en el cielo oscuro el cuarto creciente. *Yumada segundo,* el sexto mes del año, empieza como los anteriores, bajo el estruendo de las explosiones y de los disparos.

Las noches en Bagdad son mucho más oscuras que en cualquier otra ciudad del mundo. En la mayor parte de los barrios sólo disponen de suministro eléctrico durante dos o tres horas al día. A veces, ni eso.

Quien puede, posee generadores de gasóleo que, al atardecer, comienzan con su silbar rutinario, como si fueran cigarras. La electricidad que producen esos ruidosos aparatos hace funcionar las lámparas, las teteras eléctricas y, lo que es más importante, los televisores. Sobre los tejados de numerosas casuchas asoman antenas parabólicas que apuntan en dirección a la ciudad santa de La Meca.

—Y nosotros, ¿por qué no tenemos televisor? —se queja Abdulwahid a su mamá.

—Lo tuvimos.

—¿Y dónde está?

—Lo vendimos, Abdulwahid, lo vendimos.

—¿Por qué?

—Porque teníamos que comer. Además, ahora ¿para qué nos serviría, sin electricidad? Estamos mejor sin él. Total, para que esté ahí llenándose de polvo...

—Pero tenemos un generador.

—Sí, Abdulwahid, ya lo sé, Pero lo reservamos para una emergencia, no para ver televisión. Además, el gasóleo es muy caro y no se puede derrochar.

Abdulwahid acepta, resignado, las explicaciones de su mamá, pero si pudiera escoger entre la comida y el televisor, lo tendría claro. A pesar de la escasez de víveres, Fatiha es una cocinera extraordinaria.

Sólo en la llamada Zona Internacional, la *Zona Verde,* como la denominan algunos, o *La Burbuja,* como le dicen otros, situada en la ribera izquierda del Tigris, disfrutan de abastecimiento eléctrico todo el día. Allí no hay carros bomba ni disparos. Allí se encuentran las embajadas, las instituciones del nuevo gobierno iraquí y los hoteles donde se alojan los periodistas y los contratistas occidentales. Unos vienen a contar las desgracias e infortunios de este país destruido; los otros, a hacer negocios con la reconstrucción, con el petróleo, con los suministros, con la miseria de estas ciudades arruinadas. Es como otra ciudad dentro de la ciudad. Una fortaleza aislada del resto. Una medina inexpugnable donde reinan la calma y la concordia.

Ibrahim le había contado a Abdulwahid lo que le sucedió aquella vez que tuvo que acudir allí a hacer una entrega especial por orden de su jefe. Montado en su moto, había atravesado, trastabillando, las calles de la ciudad, dejando a su paso una estela de escombros y carros reventados. Procuró evitar las avenidas principales, donde estaban los bazares y las mezquitas, objetivos preferidos de los guerrilleros, y tuvo que circular por callejas con nombres casi olvidados. Con el miedo en el cuerpo, cruzó los barrios chiitas y franqueó el Tigris por el puente de Al-Yumhuriya. Desembocó en la calle Yaffa, cerrada con bloques de cemento y alambres de espino, y atestada de tanques estadounidenses. Tardó más de dos horas en pasar todos los controles de seguridad. Lo registraron varias veces y casi llegaron a desmontarle la moto para comprobar si llevaba una bomba escondida, como había sospechado un sargento algo paranoico. Después de traspasar el último control, le colgaron en la camisa una tarjeta plastificada con una gran «V» roja.

Rápidamente hizo su entrega en una oficina instalada en uno de los muchos palacios que el derrocado Sadam Hussein tenía desperdigados por todo Bagdad. De él se contaba que, desde hacía más de cuarenta años, no había dormido dos noches consecutivas en la misma cama. Por ese motivo les costó tanto a los soldados estadounidenses encontrarlo. Ibrahim no siguió su juicio por la televisión, como tantos otros iraquíes, pero sí pudo ver las imágenes de su ejecución en las primeras páginas de los periódicos y leer las noticias pausadamente en los expositores de las casetas. No sería él quien dijera que no se lo merecía; sus delitos eran muchos e infames. Pero aquella muerte, entre insultos y burlas, no fue digna de buenos musulmanes. Ibrahim no creía en la ley del ojo por ojo. Con ella no se solucionaba ningún problema.

Al entregar el sobre, Ibrahim recibió una propina de un funcionario occidental y, como su jefe le había concedido el resto del día libre, aprovechó para dar un vuelta por los alrededores y comprar regalos a Fatiha y a Abdulwahid antes de regresar. Ibrahim se quedó asombrado, con los ojos abiertos como platos. No reconocía nada de lo que veía. Aquello parecía un país distinto, como si perteneciera a otro planeta, a una galaxia muy lejana.

Cuando llegó a Karrada ya casi anochecía. Abdulwahid y Fatiha lo aguardaban, expectantes, delante de la casa; el traqueteo de la moto anunció, como siempre, su llegada. Le agradecieron mucho los regalos: un frasco de perfume para ella y un helicóptero de plástico para él, pero enseguida los dejaron de lado y lo llenaron de preguntas cuando les dijo que había estado en la Zona Verde.

—Vi incluso una piscina en la que las mujeres se bañaban casi desnudas —les contó Ibrahim.

—Y tú cómo no te ibas a fijar —soltó Fatiha, enojada.

—Mujer, las tenía delante de las narices. ¿Qué iba a hacer?

—Pues mirar para otro lado, como haría cualquier buen esposo —replicó Fatiha, escandalizada por el descaro de su marido.

—También vi otras cosas, mujer, no te enfades.

—Cuenta, papá, cuenta —intervino Abdulwahid, poniendo paz, como siempre, en la riña de sus papás.

—Hay restaurantes y cafeterías por todos los rincones. Los patios están atestados de gente: soldados, occidentales e iraquíes, beben refrescos y té helado y comen sin freno.

—¿Qué comen? —preguntó Abdulwahid muy interesado.

—Sobre todo cerdo, mucho cerdo. En mi vida había visto tanto. Montones de hamburguesas, chuletas y salchichas.

—¡Que Alá nos proteja de esos infieles devoradores de cerdo! —exclamó Fatiha con horror.

—¡Ah! Ya casi lo olvidaba: la gente puede ir al cine que tenía Sadam en uno de sus palacios. Vi una hilera de personas esperando entrar mientras comían crispetas.

—¡Un cine! ¿Y qué película daban?

—Lo siento, Abdulwahid, no me fijé. Además, el título estaba en inglés. Recuerdo que en el afiche aparecía un hombre muy elegante con una pistola en la mano y una mujer casi desnuda agarrada de su pierna.

—¡Tú y tus mujeres medio desnudas! Podrías haberte quedado allí, con ellas, para siempre —contestó Fatiha, malhumorada, mientras salía a la almunia.

—¡Pero, mujer, ya estás otra vez con eso! ¡Cómo eres de necia!

Aprovechando que Fatiha salió, Ibrahim mete la mano en el bolsillo y saca un papel satinado doblado varias veces.

—Esto es para ti, Abdulwahid. Que no se entere tu mamá —le confía Ibrahim con mucho misterio.

Abdulwahid lo coge y comienza a desdoblarlo deprisa.

—¡Ahora no, Abdulwahid! Déjalo para la noche, cuando tu mamá duerma.

Abdulwahid hace caso y acude a guardar el papel entre las páginas del ejemplar de *National Geographic* que esconde entre el colchón y la estera.

Sentados sobre los cojines, alrededor de una cazuela de arroz blanco, Ibrahim, Fatiha y Abdulwahid cenan en silencio a la luz de

las velas. Los adultos, incómodos, ni se miran; el niño tiene la mirada perdida en una fisura del adobe y cavila sobre el contenido del misterioso papel satinado. Las sombras se mueven en las paredes como bailarinas, danzando al ritmo del viento que se cuela por las ventanas y los postigos. De vez en cuando, les llega del exterior el rumor lejano de un disparo aislado. Ya están acostumbrados a esa rutina y son capaces de calcular a qué distancia está el peligro, como cuando el rayo anuncia la llegada del trueno. Por esa razón, ninguno se sobresalta y continúan comiendo.

Después de acostarse y de haber apagado las velas, Abdulwahid saca el papel de su escondite. Lo desdobla y lo observa, ayudado por la luz de la luna que se cuela por las ventanas. Es un programa de mano de la película de la que le habló su papá. En él puede verse a un hombre occidental muy elegante, vestido con traje negro y corbatín. Lleva una pistola humeante en la mano derecha; arrodillada en el suelo, una mujer mona se abraza a su pierna izquierda. Hay también unos números: 007, en la esquina derecha, cuyo significado Abdulwahid ignora. Después de examinarlo durante un buen rato, lo dobla y lo mete otra vez en medio de las páginas de la revista. Piensa que éste es mucho mejor regalo que el helicóptero de plástico.

Abdulwahid, dichoso con su obsequio, se duerme enseguida. En sus sueños proyectan una película en la que las hermosas huríes que atestan el paraíso son igualitas a la mujer mona del cartel y visten tan ligeras de ropa como ella.

5

ACADEMIA DE LAS ESTRELLAS

Nada cambia en Bagdad. Los meses concluyen con el final de la luna nueva. Unas noches después, el trémulo *hilal* anuncia en el cielo oscuro el cuarto creciente. *Rayab*, el séptimo mes del año, comienza como los anteriores, bajo el estruendo de las explosiones y de los disparos.

Es *al-jamis*, jueves y quinto día de la semana. Hoy no hay toque de queda, pero no hace falta. La gente, temerosa de una muerte que acecha en cualquier esquina, permanece encerrada en sus casas, pues es muy peligroso aventurarse por las calles después del atardecer. A lo lejos, hacia la barriada de Ciudad Sadr, el feudo de los feroces milicianos chiitas del imán Mogtada al Sadr, se ve el enorme resplandor de un incendio. Las chispas ascienden al cielo y bailan en la oscuridad, como millares de luciérnagas, antes de desaparecer para siempre.

Por las callejas desiertas del barrio de Karrada tres figuras se distinguen en la oscuridad. Sus sombras se escabullen por las esquinas, ágiles como gatos persas. A pesar de eso, el *soán,* el viento sofocante del sureste, juega con el murmullo de sus voces.

—Apúrense, que no llegamos —dice una voz de mujer.

—Qué mala idea estar jugándonos la vida por ver un programa de televisión... —refunfuña una voz de hombre.

—Pues yo también quiero verlo —añade una voz infantil.

Las tres sombras se detienen delante de la puerta de una casa en la que hay luz. De su interior llega el rumor de la música y de un generador. Una mano femenina golpea con los nudillos con un ritmo previamente acordado. «Tooooc, toc, toc, tooooc, toc». La puerta se abre. El resplandor ciega a los tres visitantes e ilumina sus rostros. Fatiha, Ibrahim y Ahdulwahid entran en la casa.

—¡Está a punto de comenzar a cantar! —les dice la mujer que les franqueó la puerta—. Siéntense donde puedan.

Un grupo de gente se amontona, hablando y haciendo bromas, delante de un televisor encendido. Los niños, sentados en el suelo, en primera fila; tras ellos, los hombres, sentados en taburetes; y de pie, junto a la cocina, las mujeres, preparando las teteras y unos pastelillos de canela. Son los únicos sunitas que aún permanecen en el humilde barrio de Karrada. La mayor parte huyó o se mudó, por miedo a las represalias, a la otra orilla del Tigris, a los barrios de mayoría sunita. Abdulwahid había oído que en la ciudad existían barrios enteros que fueron abandonados por sus ocupantes y en los que ahora imponían su ley los franco tiradores, disparando contra todo el que se interne por sus calles desiertas.

Abdulwahid se sienta con los niños, Ibrahim lo hace en un banco vacío que le ofrece un hombre, y Fatiha se acerca a una mesa en donde deja un paquete en el que trajo envueltos unos pasteles.

Es casi medianoche. Las ondas hertzianas traen, desde un estudio de televisión del Líbano, a través de miles de kilómetros, la imagen de un escenario. Sobre él actúa un atildado cantante delante de un brillante rótulo de neón en el que se puede leer «Star Academy».

—Ese es el egipcio. Es muy flojito —le dice a Fatiha la mujer que les abrió la puerta.

—Pues a mí me gusta mucho —añade otra de las mujeres.

—Es apuesto, sí, pero tiene poca voz —dice otra, y todas se echan a reír tapándose las bocas con una mano.

De repente, todos ellos, niños, hombres y mujeres, se callan y se quedan encandilados ante la radiante pantalla. El egipcio acaba su actuación y en el escenario aparece una hermosa muchacha de largos cabellos, con unos enormes pendientes en las orejas y un vestido de brocado dorado. La cantante se llama

Shada Hasun y no lleva un pañuelo cubriéndole la cabeza, para escándalo de algunas de las mujeres presentes en el cuarto. La chica tiene veintiséis años y, aunque vive en Marruecos, es hija de un iraquí, condición de la que se mostró orgullosa desde que entró a participar en el programa con otros dieciocho muchachos. Tras cuatro meses de galas y eliminatorias, hoy se celebra la final del concurso, a la que llegó con sus compañeros de Túnez, Líbano y Egipto. La joven agarra el micrófono y habla mirando a la cámara:

—Esta canción se titula «Bagdad» y quiero dedicársela a todos mis compatriotas. Tengan por seguro que su ciudad, como hizo siempre a lo largo de la historia, renacerá de sus cenizas como un ave fénix.

Cuando concluye la canción, Ibrahim, Fatiha, Abdulwahid y los demás tienen los ojos llenos de lágrimas. Para todos ellos, la voz de Shada es la voz de la esperanza. Mientras se procede a contabilizar los votos efectuados mediante llamadas telefónicas y de los mensajes a través de celular, los hombres toman té, las mujeres charlan y los niños comen dulces.

—¡Siéntense! ¡Van a dar el resultado! —grita un hombre barbado.

Nadie se sienta, pero todos se arremolinan en torno al aparato de televisión. En el escenario, Shada y sus tres compañeros se cogen de las manos. El presentador comienza a hablar:

—Y los espectadores de todo Oriente Medio, con sus votos, han decidido por mayoría que el ganador de la Academia de las Estrellas...

Todos en el cuarto, con los ojos desorbitados, aguantan la respiración.

—... es... ¡Shadaaaa Hasuuuunnnn!

Los niños, las mujeres y los hombres saltan y lanzan vivas delante del televisor. Sobre el escenario alguien arroja una bandera iraquí. Shada la recoge y la besa. Después se envuelve con ella, se arrodilla y habla entre sollozos:

—¡Doy las gracias a Irak! ¡Doy las gracias a Bagdad! —dice la ganadora antes de romper a llorar emocionada.

En las habitaciones de las casuchas de Bagdad nadie la escucha, nadie la observa envuelta en la bandera roja, blanca y negra de las tres estrellas verdes. Todos se besan y se dan abrazos.

Fuera se escuchan disparos y explosiones y, por una vez, Abdulwahid sabe que no se cobrarán ninguna víctima. No recuerda la última vez que vio a sus papás tan contentos. No, no recuerda la última vez que vio a la gente tan feliz. Quizá cuando los tanques estadounidenses cruzaron los puentes sobre el Tigris en fila, como disciplinadas hormigas, y las estatuas de Sadam comenzaron a caer de sus pedestales. Quizá. Pero él sólo tenía siete años y no está seguro.

Todos los adultos se despiden con mucho entusiasmo, como si no se fueran a ver al día siguiente por las callejas del barrio. Los hombres se besan varias veces en sus mejillas saladas por las lágrimas y las mujeres se dan grandes abrazos. Abdulwahid asiste un poco extrañado al espectáculo, demasiado efusivo para lo que está acostumbrado.

De vuelta en casa, y antes de acostarse, Abdulwahid le pregunta a su papá:

—¿Por qué te despediste con tanta ceremonia de los vecinos?

—Por nada, Abdulwahid —responde Ibrahim, sorprendido de que su hijo se percatara del detalle.

—¿Cómo que por nada? ¿Es que vamos a algún sitio?

—¿Adónde vamos a ir, hombre? —Ibrahim busca con su mirada la ayuda de Fatiha para que lo saque del apuro.

—Mira, Abdulwahid, lo que ocurre es que... —le dice su mamá, pero se interrumpe.

Fatiha duda. No sabe si es necesario inquietar al pobre muchacho con más explicaciones. Pero decide seguir adelante: ya es un hombrecito y está cansada de esconderle a todas horas una realidad que, con insistencia, se cuela por las ranuras de sus vidas.

—Mira, cada vez que nos encontramos con los amigos nos despedimos. Nos decimos adiós para siempre porque no sabemos si tendremos oportunidad de volver a saludarnos. Por desgracia, en esta ciudad maldita, cada día muere un conocido por la explosión de una bomba o por un disparo. Es triste, pero es la realidad, hijo mío —concluye Fatiha con un suspiro.

De repente, Abdulwahid se echa en los brazos de su mamá. La besa y le da un fuerte abrazo. Después se dirige hacia su papá y hace lo mismo. Ibrahim lo mira con incredulidad; es algo que su hijo no suele hacer. Abdulwahid, antes de que sus papás reaccionen ante sus inesperadas muestras de cariño, se escabulle y se acuesta en el colchón.

Abdulwahid pasa mala noche. Lo asalta continuamente la misma pesadilla: al despertar con los primeros rayos de un nuevo amanecer, sus papás no están y él permanece solo en la casucha de caña y barro de la barriada de Karrada, en la ciudad de Bagdad.

6

Pintadas

Nada cambia en Bagdad. Los meses concluyen con el final de la luna nueva. Unas noches después, el refulgente *hilal* anuncia en el cielo oscuro el cuarto creciente. *Shaabán,* el octavo mes del año, comienza como los anteriores, bajo la barahúnda de las explosiones y de los disparos.

Abdulwahid se despierta en su colchón con el bochorno del amanecer. Antes de la guerra, en las noches muy calurosas del verano, su mamá lo dejaba dormir en una estera encima del tejado de la casa. A veces lo acompañaba su amigo Ahmed. Con la ayuda de su papá, gateaban hasta una trampilla que había en el techo y alcanzaban el tejado. A Abdulwahid y a Ahmed les gustaba mucho dormir allí arriba, bajo el cobertor estrellado de la noche. Hablaban y hablaban durante horas hasta dormirse y las aventuras que cavilaban cobraban vida en sus sueños.

Ahora Abdulwahid ya no puede dormir fuera. Se ha vuelto muy peligroso: no sería el primero al que una bala perdida se lo lleva por delante. Ibrahim cerró la trampilla con una tranca. A Abdulwahid casi le da igual, pues piensa que sin la compañía de su querido Ahmed ya no será lo mismo.

Abdulwahid mira a su alrededor y se da cuenta de que está solo en la casa. Extrañado, se levanta y busca a su mamá en la almunia. Tampoco la encuentra allí. Entonces se dirige a la entrada principal de la vivienda. Fatiha está arrodillada junto a un balde lleno de agua. Nerviosa, refriega con un trapo la pared en la que aún se vislumbran unas letras rojas.

—¡Abdulwahid, entra a la casa! —le grita en cuanto aparece por la puerta.

Abdulwahid, sorprendido de ver a su mamá en la calle sin el rostro cubierto, tarda en reaccionar.

—¡Métete dentro, por favor, Abdulwahid! —le suplica ella con lágrimas en los ojos.

Él obedece, pero alcanza a leer lo que pone en el grafiti que Fatiha todavía no ha borrado: «Queremos sangre, infierno para el infiel».

Abdulwahid se dirige a la almunia y piensa que casi había olvidado el hermoso rostro de su mamá, aquellos cabellos negros como el azabache que contrastan con las amatistas de sus ojos.

Antes de la guerra, Fatiha sólo se ponía el *hiyab*, una pañoleta bordada para cubrirse la cabeza y el cuello. Se sentía orgullosa de él y no le importaba llevarlo.

—Mamá, ¿por qué te pones el *hiyab*?

—Abdulwahid, lo llevo porque me gusta. Nadie me obliga a ponérmelo. Me representa, como mujer árabe que soy.

—¡Pero hay mujeres que no lo llevan!

—Y son muy libres para no hacerlo. Allá cada cual con lo que haga.

Ahora, cada vez que salía de casa, Fatiha no tenía más remedio que ponerse el *niqab,* que le llegaba a las rodillas y le ocultaba el rostro, dejando sólo a la vista sus ojos morados. Al principio se había resistido, pero los comentarios y las miradas de soslayo de sus vecinos chiitas habían podido con ella. Además sabía de una mujer que había sido atacada en medio de una calle del barrio de Al-Mansur por no llevarlo. Fatiha sintió tanto miedo que, el mismo día que supo la noticia, se quedó toda la noche cosiendo. Abdulwahid la había visto desde su colchón: a la luz de una vela cosía y recosía la tela con una aguja, mientras las lágrimas resbalaban por sus mejillas doradas.

Cuando su mamá entra en la casa con el balde y el trapo, está toda salpicada de gotas rojas. Abdulwahid se asusta, pues piensa que está herida. Observa con disimulo cómo se lava en la palangana y suspira aliviado cuando toda aquella sangre falsa tiñe el agua. Fatiha no le

habla de los grafitis de la fachada de la casa, como si no existieran. Abdulwahid desconoce el motivo por el que los pintaron y tampoco sabe quién los puede odiar tanto como para insultarlos y amenazarlos de esa manera. Para él es un misterio más de los muchos que lo rodean y que no alcanza a comprender. Fatiha ni mira a Abdulwahid y pasa el día entero ensimismada en sus pensamientos.

Al atardecer, el traqueteo de la moto anuncia la llegada de Ibrahim. Hoy viene temprano de trabajar y cuando entra por la puerta comprende de inmediato que pasó algo: Abdulwahid no corre por su *National Geographic* para buscar países, sino que permanece en una esquina, jugando con su helicóptero de plástico. Comen todos en silencio a la luz de las velas. Las sombras se mueven en las paredes como fantasmas, danzando al ritmo de los pensamientos funestos de los comensales. Abdulwahid acaba rápidamente, pues sabe que la cosa no está para hacer conversación. Da las buenas noches y se va a acostar.

En medio de la noche, unos murmullos despiertan a Abdulwahid. En el cuarto hay una vela encendida y las figuras de sus papás se recortan en la puerta que lleva a la almunia. Vuelve a cerrar los ojos, aguza el oído y escucha lo que hablan.

—Tenemos que marcharnos, Ibrahim. Yo ya no aguanto más esta situación.

—No digas eso, mujer, las cosas no van tan mal. En cuanto olvides lo de los grafitis estarás más tranquila.

—Cualquier día llegarás del trabajo y nos encontrarás muertos. Quiero marcharme, mi amor.

—¿Y adónde? ¿A Jordania? Ya sabes que no tenemos un céntimo.

—¿Y si busco un trabajo?

—¿En qué vas a trabajar, mujer? Aquí no hay trabajo para nadie.

—Tienes razón, pero ¿por qué no intentamos, por lo menos, cruzar el Tigris y pasarnos a un barrio sunita?

—¿Y a qué casa? ¿Con qué dinero?

—¡Algo tendremos que hacer! Piensa en tu hijo.

—¿Y qué crees que hago a todas horas? Todo lo que hago es pensando en ustedes.

Ibrahim calla. Sabe que su mujer tiene razón. Su única posibilidad es vender eso que oculta detrás de un ladrillo en un rincón de la casa. Pero antes tendrá que contárselo a Fatiha. Es su único secreto. Éste y esa carta maldita que lleva en el bolsillo y que aún no entregó a su destinatario.

—Podríamos vender algo —dice Ibrahim con timidez.

—¿Qué quieres que vendamos? No tenemos nada de valor. Ya malvendimos todo lo que teníamos. Podríamos sacar algunos dinares por el generador o por esas piezas de la vajilla, pero no nos alcanzará para nada.

—Yo tengo algo que puedo vender.

—¿Qué? —pregunta Fatiha, sorprendida por la confesión de su marido.

—Un... viejo pergamino con una miniatura.

Abdulwahid pega un brinco sobre el colchón al escuchar las reveladoras palabras de su papá. Fatiha se percata del movimiento de su hijo y mira hacia él antes de comenzar a hablar nuevamente. Abdulwahid se queda inmóvil, cierra bien los ojos y finge roncar para que no lo descubran.

—¿Y de dónde lo sacaste, si se puede saber?

—Eso no viene al caso. Lo tengo y ya está. Eso es lo que importa ahora.

—¿Vale mucho?

—No soy un experto, pero parece muy antiguo. Según me han dicho, pertenece a un códice en el que se relatan las aventuras de Hamsa.

Abdulwahid vuelve a dar otro salto sobre el colchón al escuchar aquel nombre. ¡Cuántas historias y aventuras de aquel héroe legendario le había contado su papá para dormirlo cuando era más pequeño!

—Vamos a despertar al niño —comenta Fatiha, sospechando de los ronquidos de Abdulwahid—. Aunque creo que si el pergamino es robado deberías devolverlo, Ibrahim.

—¡Pero si es nuestro pasaporte para salir de aquí, Fatiha!

—Me da igual, yo no quiero saber nada de él. Tienes que devolverlo. Y no se hable más.

Dicho esto, Fatiha deja a su marido con la boca abierta. Le da la espalda, apaga la vela y se acuesta. Ibrahim sale a la almunia a meditar. Mientras, Abdulwahid fantasea con las aventuras de Amir Hamsa, con los maravillosos viajes por el mundo que su papá le relató tantas veces. El legendario tío del Profeta había recorrido China, Turquía, India y Ceilán seguido siempre de cerca por su acérrimo enemigo, el gigante Zamarrud, mago malvado y adorador del fuego.

Abdulwahid se duerme pensando si algún día su papá le mostrará ese viejo pergamino, antes de que lo venda para poder huir del caos que provocan las explosiones y los disparos.

7

La biblioteca de Hammurabi

Nada cambia en Bagdad. Los meses concluyen con el final de la luna nueva. Unas noches después, el trémulo *hilal* anuncia en el cielo oscuro el cuarto creciente. Ramadán, el noveno mes del año, comienza como los anteriores, bajo el estruendo de las explosiones y de los disparos.

El Ramadán es el mes del ayuno para los musulmanes. Todo buen creyente tiene el deber de observar las normas del noveno *hilal* del año y de hacer la *niyya*, la promesa solemne de guardarlo todos los días del mes, desde el amanecer al atardecer. No está permitido comer, ni beber, ni fumar hasta que el sol se esconda por el poniente.

Abdulwahid no lo recuerda, pero su mamá suele contarle una anécdota de cuando él tenía cuatro o cinco años.

—Hijo mío, uno de los primeros días del Ramadán te acercaste a mí llorando a lágrima viva. Hasta que llegó tu papá del trabajo no fui capaz de calmarte. Una vez tranquilo, lograste explicarnos que te habías sorbido los mocos, y que esa era la razón de tu llanto. Tu papá y yo no entendíamos que eso te pudiera desconsolar de tal manera. Hasta que al fin nos dijiste que, por tragarte los mocos, habías incumplido el ayuno. Te echaste a llorar otra vez y nosotros nos pusimos a reír.

—¡Qué bobo era! —reconocía Abdulwahid.

—No, Abdulwahid, eras un niñito que aún no entendía algunas cosas. Tu papá tuvo que explicarte que por tragarse los mocos no se rompía el ayuno. Eso sí, desde ese día no los volviste a sorber y empezaste a llevar un pañuelo en el bolsillo.

Abdulwahid, con su pañuelo en el bolsillo, asciende al único frutal de la almunia que aún no se ha agostado. Su papá culpa de la muerte de los árboles al humo y la ceniza de los muchos incendios que asolan la ciudad. Desde la copa frondosa de ese albaricoquero que aún da frutos, Ahdulwahid contempla el horizonte grisáceo y, en la lejanía, más allá de las últimas casas de adobe, las aguas ligeras del Tigris, que bajan turbias. Y, a continuación, intenta imaginar ese tiempo en que, según le contó su papá, tuvieron un color muy distinto.

—En los primeros días de *salar* del año 635 después de la Hégira, las hordas mongolas, al mando de su adalid Hulagu Jan, entraron en Bagdad montadas en sus potros salvajes de la estepa y con las cimitarras desenvainadas. Tras varias jornadas de rapiña y muerte, irrumpieron en la biblioteca del palacio del califa, sacaron todos los libros y los arrojaron al Tigris. En él, la tinta se mezcló con los ríos de sangre derramada por los bagdadíes. Durante días, las aguas bajaron teñidas de color granate en dirección al golfo.

—¿Y no quedó ningún libro en la ciudad? —pregunta Abdulwahid, recordando que él mismo había visto desaparecer muchos de los libros de la biblioteca de su papá.

—No, no quedó ni un solo ejemplar. Pero no te inquietes, los siguientes califas formaron de nuevo la biblioteca. Y así, más de cien arios después, los tártaros, comandados por Tamerlán, aquél que osó arrojar a las llamas el Libro de los Libros, volvieron a arrasarla en dos ocasiones.

—Pero... ¿por qué no les gustaban los libros?

—Porque los libros son conocimiento, Abdulwahid. Son el primer camino hacia la libertad. Por esa razón, esos bárbaros conquistadores los destruían. Temían más a los libros que a cualquiera de sus enemigos.

—¿Y construyeron de nuevo la biblioteca?

—Pues, claro. La historia de nuestro país podría contarse a través de la destrucción y reconstrucción de sus bibliotecas a lo largo de los siglos. Piensa que fue aquí, en las riberas del Tigris y del Éufrates, donde aparecieron los primeros libros de la Humanidad hace

más de cinco mil años. Al principio eran unas tablillas de arcilla que los escribas sumerios grababan con un buril. Estos escribas eran una casta privilegiada y sólo ellos tenían derecho a custodiar las tablas, que se consideraban objetos sagrados, poseedoras de poderes mágicos...

Ibrahim ansiaba mostrarle el viejo pergamino a Abdulwahid, pero dudaba. Al fin y al cabo, pensaba que cuanto menos supiese del asunto sería mucho mejor para todos.

—¡Sigue, papá! ¡Sigue! —se quejaba Abdulwahid ante la interrupción de su papá.

—Muchos años después, un rey llamado Hammurabi fundó Babilonia. Con él, los libros volvieron a brotar de la arcilla de las riberas del Éufrates y del Tigris. Su palacio fue conocido en el mundo entero por sus jardines colgantes, que eran considerados una de las siete maravillas de la Antigüedad. Pero la verdadera maravilla era su biblioteca y su academia de escribas. Además, también fue obra de Hammurabi el primer código de leyes de la historia, que ordenó grabar a unos canteros con sus cinceles en una gran columna de piedra negra.

—¿Y dónde está esa piedra, papá?

—Por desgracia, hijo mío, como muchas otras cosas de esta tierra expoliada, fue robada por los occidentales y hoy se guarda tras un cristal blindado en un museo en la ciudad de París.

—¿Y qué pasó con esa biblioteca?

—Una nueva guerra la destruyó. Pero no te preocupes: hubo muchos más reyes amantes de los libros —añadió Ibrahim ante el gesto contrariado de Abdulwahid.

—¿Cuáles fueron?

—Pues Nabucodonosor y otros muchos. Pero ya te hablaré de ellos otro día. Lo triste es que cada vez que, por la intolerancia y la barbarie de los hombres, se quemaba y destruía una biblioteca, muchas de aquellas tablas únicas se perdían para siempre, convertidas en cenizas que se llevaban las ráfagas del simún. Además de arena, las dunas del desierto están compuestas por la ceniza arcillosa de todos aquellos libros, Abdulwahid.

Si había algo que Ibrahim amaba más que su trabajo de cartero, eran los libros. Tenía pocos, pero para él representaban un oasis de paz ante la cantidad de desgracias que lo rodeaban. En los momentos más duros del embargo al que el mundo había sometido a Irak antes de la guerra, había llorado lágrimas negras como tinta por tener que deshacerse de ellos y malvenderlos. Tras la guerra, con el servicio de correos desmantelado, había pasado casi un año sin trabajar, hasta que las nuevas autoridades lo reorganizaron. Encima, le debían los siete sueldos anteriores al día en que las estatuas de Sadam Hussein comenzaron a caer de sus pedestales en las plazas de Bagdad.

A Fatiha se le partía el corazón cada vez que veía salir a Ibrahim con uno de sus libros envuelto en una tela bajo el brazo. Los mejores ejemplares podían representar víveres para él y su familia durante varios días.

—Ibrahim, yo creo que podemos aguantar todavía con lo que tenemos. No vayas, hombre —le pedía Fatiha, con la tristeza rebosando sus ojos violetas.

—¡Mujer! Yo soy el hombre de esta casa y no voy a permitir que mi familia tenga hambre —replicaba él con cara de pocos amigos.

—Pero, Ibrahim...

—¡Haz el favor de callarte, mujer!

Fue aquélla una de las escasas ocasiones en que Ibrahim le gritó a Fatiha con verdadera cólera. Una vez en la calle, Ibrahim ya se había arrepentido, pero no podía volver atrás y disculparse. Aligeró el paso y se encaminó al zoco de la calle Al-Mutanabbi, en donde había muchos puestos dedicados a la compraventa de libros.

Al inicio, esta venta le había reportado algunos dinares para ayudar a su maltrecha economía familiar. Pero después, con el expolio de los museos y de las bibliotecas de Bagdad, los precios se vinieron abajo. En cualquier esquina de la ciudad había una sábana extendida en el suelo donde un hombre o un niño vendía antigüedades, tablillas o viejos pergaminos robados.

La Biblioteca Nacional había sido la primera en caer bajo las garras de los saqueadores, ante la pasividad de los soldados estadounidenses. Al principio, nadie se atrevía a acercarse al edificio lleno de celosías. La estatua de Sadam Hussein permanecía aún en pie en la plaza que había delante, a pesar de que su régimen había caído. La imponente imagen del dictador, saludando con una mano y sosteniendo un libro con la otra, parecía intimidar a los asaltantes, que daban vueltas a su alrededor sin saber muy bien qué hacer. Entonces, un muchacho ascendió por ella y le colgó una bandera estadounidense a modo de capa. Ese gesto desató una locura colectiva, y la muchedumbre, enfebrecida, asaltó el edificio, llevándose los ejemplares más valiosos y antiguos.

Una semana después llegarían los incendiarios, que, por lo visto, redujeron a cenizas un millón de libros y tablas de arcilla. Por el contrario, no muy lejos de allí, al edificio del Ministerio del Petróleo no accedió ni el primer saqueador; desde el momento en que entraron los estadounidenses en Bagdad fue protegido por un montón de tanques y camiones.

Aquél fue un mal día para Ibrahim. Nadie quería comprarle sus queridos libros. A lo máximo que había llegado fue a cambiarlos por un viejo pergamino con una miniatura inscrita. Él pensó que aquella antigüedad estaría mejor en sus manos, pues para él era algo más que mercancía. Era una alhaja que había que proteger de aquel desastre.

El pergamino llevaba grabadas en su margen derecho las letras M I (Museos Iraquíes) y un número de siete cifras, y pertenecía a un viejo códice con quinientos años de antigüedad. Ibrahim lo guardó en el bolsillo y regresó feliz, a pesar de no traer alimentos a la casucha del barrio de Karrada, en donde le aguardaban, inquietos, Fatiha y Abdulwahid.

8

EL ACCIDENTE

Nada cambia en Bagdad. Los meses concluyen con el final de la luna nueva. Unas noches después, el refulgente *hilal* anuncia en el cielo oscuro el cuarto creciente. *Shawwal*, el décimo mes del año, comienza como los anteriores, bajo el estruendo de las explosiones y de los disparos.

Como de costumbre, Abdulwahid juega solo en la almunia. Es tarde y cae en cuenta de que no ha percibido el traqueteo de la moto de su papá. De pronto, escucha un escándalo que proviene de su casa y corre hacia ella. Cuando llega, lo sorprende la escena que presencia. Su papá está tirado en el colchón con el rostro ensangrentado; su mamá llora a su lado, mientras dos hombres la consuelan. Abdulwahid los reconoce: son dos carteros, compañeros de Ibrahim. Fatiha nota la presencia de su hijo, se limpia las lágrimas y le habla para tranquilizarlo:

—Hijo mío, no te asustes. Tu papá tuvo un accidente con la moto, pero se encuentra bien. Corre, trae un poco de agua para limpiarle las heridas de la cara.

—De acuerdo, ahora la traigo —responde Abdulwahid algo asustado todavía, pese a las palabras de su mamá.

Los dos hombres se despiden de Fatiha y le piden que, en caso de necesitar algo, les avise, que acudirán en su ayuda. Con la marcha de los carteros, en la casa se hace un pesado silencio. Abdulwahid llega con la palangana y ayuda a su mamá a desnudar a Ibrahim, que se muestra aturdido. Tiene todo el cuerpo lleno de morados y rasguños en las mejillas. Es la primera vez que Abdulwahid ve a su papá en calzoncillos, y se

espanta al descubrir la gran cicatriz que le recorre el pecho.

—Es una vieja herida, Abdulwahid. Se la hicieron en la guerra contra los iraníes.

—¿Papá fue a la guerra?

—Sí, pero eso es una vieja historia que ya te contará él algún día...

Ibrahim va volviendo en sí poco a poco y, al escuchar a Fatiha, pregunta en un susurro:

—¿Qué es lo que le tengo que contar al niño?

—¡Ibrahim, qué alivio, despertaste! ¿Te sientes bien?

—Me duele todo el cuerpo, mujer. Pero creo que aún no llega la hora de que me reúna con las hermosas huríes... —bromea Ibrahim.

—¡Tú siempre con lo mismo, payaso! —reacciona, contrariada, Fatiha.

Ante la broma de su papá y el fingido enojo de su mamá, Abdulwahid se calma. La cosa no debe de ser muy grave cuando aún tienen ánimo para reírse.

—¿Qué ocurrió? ¿Te caíste de la moto? —pregunta Abdulwahid.

—No, hombre. No fue culpa mía. Yo iba tan tranquilo cuando, de pronto, por mi derecha, me embistió un carro y me mandó a volar. Y tuve mucha suerte de no recibir también un balazo, pues al carro lo perseguían unos soldados disparando desde una todoterreno.

—¿Y la moto? ¿Qué pasó con ella? —pregunta de nuevo Abdulwahid, temiendo quedarse sin una de sus diversiones preferidas.

—Lo siento, Abdulwahid. Tiene tantos golpes que dudo que la podamos arreglar —contesta, con pesar, Ibrahim.

Ibrahim pasa muy mala noche. Abdulwahid escucha sus lamentos y observa cómo su mamá intenta calmarlo poniéndole unos emplastos en los morados. Por la mañana, Fatiha está muy preocupada por su marido. Ha vuelto a aturdirse y la cabeza le hierve.

—Abdulwahid, tengo que salir. Cuida a papá.

—Pero ¿adónde vas?

—Voy a intentar conseguir alguna medicina. Tu papá tiene mucha fiebre. Hay que bajarle la temperatura como sea, puede ser peligrosa.

—¿Qué tengo que hacer?

—Poca cosa, hijo mío: refrescarlo de vez en cuando con un trapo húmedo.

Fatiha se pone el *niqab* por encima de la ropa y desaparece por la puerta. Abdulwahid se queda allí, solo, junto a su papá inconsciente. Teme que esa sea la última vez que vea el hermoso rostro de su mamá.

El tiempo pasa. Ya el sol empieza a ponerse en el horizonte y Fatiha todavía no vuelve. Ibrahim vuelve a despertarse y habla con su hijo usando un tono de confidencia.

—Abdulwahid, Abdulwahid, acércate —lo llama con un hilo de voz.

—¿Qué quieres? —pregunta él, aproximándose a su rostro.

—Tengo que contarte una cosa de la que no me siento muy orgulloso.

—Cuéntame.

—Te mentí.

—¿Cómo?

—¿Te acuerdas de lo que te dije sobre la medalla de bronce de Abdulwahid?

—Sí.

—Pues no la tiene en su casa. Uday, uno de los temibles hijos de Sadam, se la robó y se quedó con ella.

—No te preocupes, papá, no pasa nada. Es una tontería. No tiene ninguna importancia.

—Lo sé, Abdulwahid, lo sé. Pero quería decírtelo. En aquel momento no te lo dije para no decepcionarte.

—Está bien. Pero no te agites. Descansa.

—Hay algo más, hijo mío. Tienes que hacerme un favor. En el bolsillo de mi camisa guardo una carta. Si me ocurre algo, debes entregársela a su destinatario.

—No te va a pasar nada. En unos días podrás llevarla tú en persona.

—Cállate un momento y escucha, hombre —dice Ibrahim abriendo mucho los ojos—. No busques la dirección: la casa ya no existe. Un compañero me contó que su destinatario podría estar ahora en Al-Wahdah. Búscalo y entrégasela, pero ten mucho cuidado: ese barrio es un nido de milicianos chiitas.

—Muy bien, muy bien, no te preocupes —añade Abdulwahid para tranquilizarlo.

—¡No, así no sirve! ¡Tienes que jurármelo!

—Está bien, te lo juro...

—Por el Profeta, Abdulwahid.

—¡Pero mamá no me deja! ¡Dice que es una blasfemia! —se queja él ante la insistencia de su papá.

—Me da igual. ¡Júramelo! —grita Ibrahim totalmente fuera de sí.

—Te lo juro por el Profeta, papá. Te lo juro —contesta Abdulwahid amilanándose.

—Hay otra cosa más —continúa Ibrahim, ya más calmado.

—¿Qué, papá?

—Detrás de un ladrillo suelto que hay ahí, junto a la puerta de la almunia, tengo un viejo pergamino. Si me ocurre algo, véndanlo. Les pueden dar unos buenos dinares por él.

Dicho esto, Ibrahim vuelve a desmayarse o a adormecerse, Abdulwahid no lo sabe bien. Le pone nuevamente el paño húmedo sobre la frente y va en busca de la carta y del pergamino. Toma la carta y la guarda en su bolsillo sin verla siquiera, pues tiene más interés en el pergamino. Tarda en acertar con el escondite: en la pared hay muchos ladrillos sueltos. Una vez que lo encuentra, lo desenrolla y lo contempla. Es muy hermoso, está pintado con colores llamativos y en él puede verse a Hamsa, el aventurero, embarcando en un buque con rumbo desconocido. Abdulwahid vuelve a ponerlo en su escondite y encaja el ladrillo, justo en el momento en que entra su mamá.

—Hola, hijo. ¿Cómo está tu papá?

—Igual. Se despertó varias veces, pero no dijo nada —miente Abdulwahid.

—Muy bien. Conseguí medicinas. A ver si con ellas podemos bajarle la temperatura.

Pasa la luna llena e Ibrahim no mejora.

—Mamá, sería mejor que lo lleváramos a un hospital —recomienda Ibrahim.

—¿Y cómo vamos a hacer? Aunque consiguiéramos un carro para llevarlo, tendríamos que atravesar varios barrios chiitas para llegar. No podemos, hijo mío. La ciudad es un caos. Desplazarse por ella es como acercarse a las orillas de la muerte.

Día a día, Fatiha se consume. Da la impresión de que se rindió y, resignada, permanece junto a Ibrahim, cambiándole los paños húmedos de la frente. Mata el tiempo pasando las cuentas del *tasbih,* el rosario musulmán, y recitando una y otra vez la letanía de los noventa y nueve nombres de Alá.

—...El Absolutamente Perfecto, el Majestuoso, el único, el Sin Igual, el Sostén Universal, el Poderoso, el que Todo lo puede, el que Adelanta, el que Hace retroceder, el Primero, el Último, el Evidente...

A Abdulwahid siempre le intrigó que los nombres de Alá fuesen exactamente noventa y nueve, y no cien. Y se pasaba el día rompiéndole la cabeza a su mamá con el asunto.

—Mira, Abdulwahid, te lo he explicado un montón de veces. Son noventa y nueve porque así lo expresó el Profeta en uno de sus dichos: «Dios tiene cien nombres menos uno. Quien los enumere entrará en el Paraíso». Él es singular y le gusta que sus nombres se digan de uno en uno.

—¿Y por qué motivo tiene tantos nombres?

—Es una forma de hablar, Abdulwahid. Más que nombres son los atributos de sus poderes divinos. De todas formas, si tan preocupado estás, te diré que sí hay un centésimo nombre y muchos musulmanes dicen que sólo ése es el verdadero.

—¿Cuál es?

—Eso es un secreto. Nadie lo sabe, aunque, siendo yo niña, tu abuela me contaba que los camellos de los beduinos sí lo conocían.

—¿Los camellos?

—Pues sí, hijo mío. Por ese motivo caminan altivos por el desierto y miran a los hombres por encima del hombro. Ellos saben algo que nosotros ignoramos.

Fatiha se ha convertido en un fantasma que no habla desde hace días, excepto para repetir su cargante salmodia. Ibrahim está cada vez peor, y a Abdulwahid se le ha metido en la cabeza que es por su culpa, por aquel juramento que le hizo en vano en su lecho de convaleciente. Cuando le juró que entregaría la carta, no tenía la menor intención de hacerlo. Era lógico que Alá lo castigara ahora.

Abdulwahid decide marcharse. Debe cumplir el juramento que le hizo a su papá. Sabe lo importante que es su trabajo para él. Además, piensa que, si entrega esa carta, mejorará. Cuando sale por la puerta, no se despide de su mamá, que sigue ensimismada en la oración. Fatiha finaliza la lista de los noventa y nueve nombres y vuelve a comenzarla sin percatarse de que su hijo se fue.

—... el Lucero, el Guía, el Creador, el Permanente, el Heredero, el Constante, el Paciente. Él es el Dios y no hay más Dios que Él. Alá el Clemente, el Misericordioso, el Soberano, el Inmaculado, el Dador de Paz...

9

AHMED

Nada cambia en Bagdad. Los meses concluyen con el final de la luna nueva. Unas noches después, el refulgente *hilal* anuncia en el cielo oscuro el cuarto creciente. *Dulhiyya,* el último mes del año, comienza como los anteriores, bajo el estruendo de las explosiones y de los disparos.

Abdulwahid también tiene una cuenta pendiente. Debe hablar con Ahmed y arreglar las cosas con él antes de salir en busca del destinatario de esa misteriosa carta que le entregó su papá. Además, sabe que tiene familia en el barrio de Al-Wahdah, lo que podría ayudarle.

El manto oscuro de la noche se desvanece y los tímidos rayos del amanecer juegan al escondite por los rincones del barrio de Karrada.

Silenciosamente, Abdulwahid se dirige a la casa de Ahmed, donde aún estarán todos durmiendo. Va pensando en los consejos que le dio su papá para moverse con cierta seguridad por la ciudad. No debe acercarse jamás a los zocos, ni a los hospitales, ni a las mezquitas, objetivos favoritos de los carros bomba. Tampoco debe aproximarse a las patrullas estadounidenses, ni a sus tanques, pues una bala perdida de un francotirador podría alcanzarlo. Debe procurar caminar por las callejas y senderos y huir de las calles y avenidas principales, en donde se encuentran los controles de los soldados, de la policía y de los milicianos. Y alejarse siempre de los cadáveres, pues muchos esconden minas para el batallón de soldados que todos los amaneceres recorre la ciudad recogiendo a los muertos chiitas y sunitas que la noche cruel deja tras de sí.

En casa de Ahmed hay un vocerío exagerado para lo temprano que es. A Abdulwahid le llegan gritos, lamentos y el ruido de un motor. Se esconde tras el muro que da a la almunia, acecha por un agujero y, de repente, el corazón le da un vuelco. Alguien murió en esa casa. Teme no haber llegado a tiempo para hablar con su querido Ahmed.

El papá y el tío de Ahmed trasladan un pequeño cuerpo envuelto en una *mizara,* un sudario de seda que lleva bordados versículos del Corán. Con cierta dificultad, lo introducen en un ataúd fabricado con unos tablones toscos recién clavados. Abdulwahid respira aliviado en cuanto ve a Ahmed, que muestra el rostro triste. A pesar de los meses que han pasado sin verse, está como siempre. Tiene la misma edad que él, pero parece su hermano mayor. Es, por lo menos, una cuarta más alto que Abdulwahid, y robusto como el tronco de un cedro. Sus brazos y piernas doblan en volumen a las suyas. Puestos a la par, parecen un junco y una palmera. Ahmed tiene el cabello erizado como las púas de un puercoespín, tan de punta que uno no deja de figurarse que, en cualquier momento, algunas de esas púas acabarán por salir disparadas como una ristra de cohetes. Así son también sus ojos pardos: nunca están quietos, como si se mantuvieran siempre al acecho.

Ahmed viene en ayuda de su papá y de su tío; entre los tres conducen el ataúd y desaparecen por la puerta. Abdulwahid da la vuelta al muro para ver qué sucede en la parte delantera de la casa. La mamá de Ahmed grita y abraza el féretro, impidiendo a los hombres subirlo a la parrilla del carro que espera parqueado. Unas mujeres tratan de consolarla, mientras Ahmed, agachado en un rincón, no sabe qué hacer. En un descuido, Abdulwahid queda al descubierto y su amigo lo sorprende; le hace una seña y aquél da la vuelta para reunirse con él tras el agujero del muro.

—¿Cómo supiste? —le pregunta Ahmed.

—Da lo mismo. Lo que importa es que estoy aquí, ¿no? —responde Abdulwahid, disimulando su sorpresa.

—Tienes razón. Nachwa estaría contenta de que vinieses. Ella te quería mucho.

Abdulwahid no saca al amigo de su error. Da igual que todo sea casualidad. Han vuelto a hablarse y eso es lo que importa. Nachwa era la hermana pequeña de Ahmed, una niña despierta que andaba siempre detrás de Abdulwahid. Tenía sólo ocho años.

—¿Qué fue lo que sucedió?

—No lo sé muy bien. Acompañó a mi mamá al zoco y hubo un tiroteo. A pesar de que mi mamá la protegió con su cuerpo, una bala la alcanzó. Falleció al instante.

—Lo siento mucho, Ahmed.

—Lo sé, Abdulwahid. Muchas gracias.

—Escucha, tengo que hablar contigo de una cosa y quiero pedirte un favor muy importante.

—Ahora es imposible. Voy a acompañar a mi papá y a mi tío a Nayaf para enterrar a Nachwa.

—Pero no puedo esperar. Huí de mi casa y no debo regresar aún, Ahmed.

—¿Y eso? ¿Qué pasó?

—Mi papá tuvo un accidente con la moto y...

—¿Está vivo?

—Sí, pero no se encuentra bien y...

Desde la fachada de la casa, unos gritos reclaman a Ahmed, lo que interrumpe la conversación de los chicos.

—Mira, Abdulwahid, tengo que marcharme. Espérame escondido en la casa de los vecinos, que está vacía. Hay agua y también algo de comida. Procura no hacer ruido; mi mamá tiene la llave y podría descubrirte. Puedes saltar el muro y entrar por la trampilla de la puerta trasera. En un día o dos estaré de vuelta y te ayudaré.

Abdulwahid introduce su cabeza por el agujero y besa a su amigo Ahmed en las mejillas. Abdulwahid lo sigue con la vista hasta que aquél entra en su casa. Después se dirige a la vivienda de los vecinos. Asciende por el muro y salta a la almunia. Todos los frutales están tan secos como los de su casa. Se acerca a la puerta y, con dificultad, consigue colarse por la trampilla.

Una vez dentro se acuesta en un colchón. Está muy cansado: la tensión de la huida y del reencuentro con Ahmed lo agotaron. Antes de quedarse dormido piensa en su papá, en cómo se encontrará. Duerme una breve siesta, de la que lo despiertan los lamentos de la mamá de Ahmed en la casa de al lado. Escuchándola, Abdulwahid recuerda lo que su papá le había contado sobre Nayaf.

—¿Sabes, Abdulwahid? Parece ser que el campo santo de Wadi Salam es el más grande del mundo. Cuentan que hay más de cinco millones de chiitas enterrados en él.

—¿Por qué van todos a enterrarse a Nayaf?

—Todos no, hombre. Sólo los que se lo pueden pagar. Para ellos es una ciudad santa, pues en su mezquita reposan los restos de Alí, su fundador y primer imán. La gente entra con los ataúdes sobre los hombros, da tres vueltas a su sarcófago de oro y después los entierran.

—¿Y acuden desde muy lejos?

—De todos los rincones de Irak, pero también lo hacen desde Irán, Líbano y Afganistán.

—¿Y qué ganan enterrándose allí?

—Ellos creen que estar enterrados cerca de su venerado imán es más beneficioso que setecientos años de plegarias.

Al día siguiente, al atardecer, Abdulwahid escucha girar una llave en la cerradura y huye veloz hacia la trampilla de la puerta trasera. Cuando tiene casi medio cuerpo fuera, unas manos lo agarran por los pies y comienza a patalear.

—¡Calma, hombre! Soy yo, Ahmed.

Abdulwahid se tranquiliza y vuelve a entrar en la casa. Los dos amigos se besan. Ahmed tiene cara de cansado y la mirada triste. Unas grandes ojeras llenan sus mejillas. Parece que en el viaje a Nayaf hubiera perdido parte de su vitalidad. A Abdulwahid le da la impresión, incluso, de que se encogió y de que ya no es más alto que él.

—¿Qué tal salió todo?

—Supongo que bien. Era un entierro, Abdulwahid.

—Lo siento, es que estoy preocupado por mi papá.

—¿Cómo se encuentra? ¿Está herido?

—Tiene un montón de heridas y no le baja la fiebre.

—Espero que se mejore. ¿Qué me querías pedir?

—¿Tú no tienes familia en Al-Wahdah?

—Sí, unos primos de mi papá. ¿Por qué?

—Tengo que ir allí a entregar una carta y esperaba que me ayudaras.

—¿Una carta?

—Mi papá cree que se va a morir y le he jurado por el Profeta que la entregaría.

Ahmed empieza a llorar. Abdulwahid desconoce el motivo. Intenta consolarlo, pero el otro lo rechaza de un empujón. Una vez que se calma, vuelve a hablar.

—Perdona, Abdulwahid, es que yo también le había hecho una promesa a la pobre Nachwa y no la pude cumplir.

—¿Qué promesa? ¿Puede saberse?

—Ella pensaba que te habías puesto bravo con nosotros y quería que yo fuera a hablar contigo. Se lo prometí, Abdulwahid, se lo prometí... —repite Ahmed antes de volver a llorar de nuevo.

—¡Yo no estaba bravo con ustedes! Mi papá me dijo que no los dejaban jugar conmigo porque somos sunitas y nos creían culpables de la bomba en la mezquita de Samarra.

—¿A ti? Pues a mí, mi papá me dijo que no te dejaban jugar conmigo porque somos chiitas y nos culpaban de hacer estallar una bomba en una de sus mezquitas.

Los dos niños se quedan en silencio y se miran detenidamente. De repente, se percatan de que a ambos les soltaron el mismo discurso intolerante; dejan escapar una risa estrepitosa y se funden en un abrazo.

10

Metralletas y fusiles

Nada cambia en Bagdad. El estruendo de las explosiones y de los disparos continúa bajo el cuarto menguante de *dulhiyya,* el último mes del año.

A la hora del crepúsculo, dos pequeñas figuras recorren una callejuela desierta de Karrada. Van al barrio de Al-Wahdah. Sus sombras ágiles no se distinguen la una de la otra, la de Abdulwahid el sunita de la de Ahmed el chiita. Cuando llegan a la ribera del Tigris, se sientan a descansar apoyados en el tronco de un cedro. Los rayos más madrugadores ya se reflejan sobre las aguas enlodadas.

—Ahmed, es mejor que esperemos a que se haga de día, si no, acabaremos ahogados en el río.

—Eso nos pasa por empeñarte en caminar a escondidas. No entiendo por qué no podemos ir tranquilamente por la calle Al-Yamiah.

—Mi papá me pidió que fuera discreto y que tuviera mucho cuidado.

—Como quieras, tú eres el cartero. Tengo mucha hambre como para ponerme a discutir.

Mientras amanece por completo, los dos contemplan cómo descienden las aguas llenas de despojos. De vez en cuando, vislumbran algún cadáver flotando. Ninguno de los dos lo comenta. Parece que la muerte se ha convertido en una compañera más de sus juegos.

—¿Te acuerdas de la discusión que tuvimos por los *mashguf*?

—¡Increíble, Abdulwahid! Te digo que me estoy muriendo de hambre y tú me hablas de comida.

—¿Te acuerdas o no?

—¡Cómo no me voy a acordar! Habíamos ido todos juntos a uno de aquellos restaurantes de la calle Abu Nauas.

—Pues sí, hace rato. Eso ocurrió por lo menos hace cuatro años, fue antes de la guerra.

—¿Recuerdas que nos peleamos por escoger las carpas en la cetaria?

—Claro que sí. Tu papá nos dio un buen coscorrón a cada uno.

—Pagaría por comerme una ahora, bien asadita en la parrilla.

—Dicen que ya no hay, que las aguas del Tigris están muertas y que los pescadores se quedaron sin trabajo.

—Sí, en esta ciudad la muerte se esconde en cualquier rincón —asiente Ahmed, resignado.

Ya amaneció, y el sol revela los contornos desvanecidos del paisaje de Bagdad. Abdulwahid y Ahmed los miran despacio, intentando fijarlos. Río arriba está uno de los muchos palacios de Sadam, ahora convertido en acuartelamiento de soldados estadounidenses, que se divierten en las lujosas habitaciones tomándose fotografías que envían a sus familias en el otro extremo del mundo. Tras él divisan las grandes chimeneas de la fábrica de productos de cuero en la que antes de la guerra trabajaban muchos vecinos del barrio de Karrada. Al otro lado del río se extiende lo que fue una gran área industrial, convertida hoy en un enorme amasijo de hierros retorcidos.

—¿Vamos a desayunar aquí o qué? —pregunta Abdulwahid.

—No, hombre. Iremos por la orilla hasta Al-Wahdah y, cuando lleguemos, te acompañaré a casa de mis primos y les preguntaremos por tu desaparecido. ¿Cómo dices que se llama?

Abdulwahid saca con cuidado la carta del bolsillo y lee el nombre del destinatario:

—Faysal Al-Rashid.

—Pues dale, en marcha. Vamos en busca del misterioso Faysal.

Abdulwahid guarda el sobre y los dos arrancan a caminar por la ribera, uno al lado del otro. El calor es insufrible y, de vez en cuando, hacen una parada para refrescarse en el agua y descansar, entreteniéndose en lanzar piedras y ver cuál salta más veces sobre el agua. Casi siempre gana Abdulwahid, que consigue cinco saltos en uno de sus lanzamientos.

—Ahmed, hay algo de la carta que me tiene intrigado.

—¿Qué es?

—Parece que tiene algo dentro.

—¡Hombre, llevará un papel, como todas!

—No, tonto. Algo que hace ruido cuando la agitas.

—A ver, dámela.

Abdulwahid le entrega la carta y Ahmed la examina al trasluz antes de agitarla con fuerza.

—¡Sí, señor, es verdad! A ver si estamos jugándonos la vida por un sobre lleno de arena.

—¿Arena?

—A mí es lo que me parece. Bueno, sigamos.

Ahmed le devuelve el sobre y, antes de guardarlo de nuevo, Abdulwahid decide agitarlo también. «Arena. ¿Quién va a enviar un sobre lleno de arena?», piensa mientras comienza a andar. Le da igual arriesgar la vida por entregarlo: es el deseo de su papá y él se lo juró por el Profeta. Eso es lo único que le importa a Abdulwahid.

A mediodía, agotados por la caminata entre ciénagas y pedregales, vislumbran la barriada de Al-Wahdah. Las casuchas aparecen colgadas sobre el barranco que las aguas del Tigris excavaron desde la noche de los tiempos en la tierra arcillosa.

—Será mejor que esperes aquí mientras voy a casa de mis primos a ver cómo está la cosa —dice Ahmed, cauteloso.

Abdulwahid se refugia en unos matorrales y observa cómo asciende Ahmed por una pendiente hasta un muro; lo salta y desaparece tras él. Las horas pasan y Abdulwahid se adormece. Sueña que no encuentra al destinatario de la carta y que, cuando regresa a casa, su papá está muerto y su mamá se enloqueció. Al anochecer, unos silbidos lo sacan de su pesadilla y observa cómo Ahmed se resbala por la pendiente.

—¡Te demoraste mucho!

—Hice lo que pude. Ahora me tienes que acompañar.

—¿Adónde?

—¡Adónde va a ser, hombre! A la casa de mi primo.

—Pero ¿no le preguntaste por Faysal?

—Sí, claro, pero quiere hablar contigo.

—¿Conmigo? No me va a hacer nada, ¿no?

—Abdulwahid, soy tu amigo, ¿no? Pues confía en mí. Sígueme y cállate.

Abdulwahid va tras él sin protestar. Juntos ascienden por la pendiente, saltan el muro y caen en la almunia de una casa en ruinas. Después recorren un montón de callejas, en una ruta enrevesada, hasta llegar a una casa de dos pisos. En todo el trayecto no se cruzan con nadie; todos los vecinos permanecen cerrados con llave y candado en sus casas de adobe.

Ahmed golpea en la puerta con los nudillos. Antes de que se abra escuchan correr muchos cerrojos y pasadores. Un hombre les franquea la entrada y Abdulwahid observa que porta una pistola en la correa, semejante a aquélla que el hombre del traje negro llevaba en el programa de mano que le dio su papá. En la casa hay por lo menos una docena de hombres que, con minuciosidad,

se dedican a aceitar y limpiar sus ametra-
lladoras y fusiles. Abdulwahid se asusta
al ver tantas armas. Nunca las había contem-
plado tan de cerca. Le parecen siniestras,
unos instrumentos creados por el diablo
para sembrar la tierra de muerte y destrucción.

—¡Niño, ven aquí! —le grita a Abdulwahid un hombre sentado en un banco con
un mapa de Bagdad en las manos.

—Anda, ve, no tengas miedo. Es mi primo
Mohamed.

Abdulwahid se acerca temeroso. Mohamed es fuerte y alto como Ahmed y tiene
una gran cicatriz que le cruza el rostro de
izquierda a derecha, de la frente al cuello. Su
aspecto es feroz y sus ojos están inyectados
en sangre como los de un perro rabioso.

—¡A ver, niño, que no dispongo de toda
la noche! —le dice Mohamed sonriendo.

Su sonrisa lo delató y Abdulwahid supone
que no debe ser mucho mayor que él. A lo
sumo, tendrá diecisiete o dieciocho años.

—Así que tú eres el hijo de Ibrahim el
cartero.

—¿Lo conoces? —pregunta, inocente, Abdulwahid.

—Oye, amigo, aquí las preguntas las hago yo —responde Mohamed muy serio.

Abdulwahid baja la cabeza y aspira el aire, un olor acre que inunda la vivienda.

—Eso que hueles es el aroma de la pólvora, la fragancia de la muerte y de la venganza... ¿Qué tal está tu papá?

—Regular, aunque hace unos días que no sé nada de él.

—Espero que se mejore. A pesar de ser sunita, es un buen hombre. Una vez arriesgó su vida por entregarle una carta a mi mamá. Aunque trajo la mala noticia de la muerte de mi hermano a manos de los infieles, estaré siempre agradecido con él. En fin... ¿Acaso estás buscando a alguien?

—Sí, a un tal Faysal Al-Rashid.

—A ver, déjame pensar un poco... Faysal, Faysal, Faysal... Pues me acuerdo.

—¡Mohamed! No te hagas el bobo y respóndele, anda —interviene Ahmed.

Al ver la osadía con que el niño ha tratado a su jefe, los hombres reaccionan asombrados.

Nadie que le haya hablado así está vivo para contarlo. Mohamed lanza una mirada furiosa a Ahmed y luego se pone a reír con grandes carcajadas. El resto de los hombres lo imita.

—Aquí no lo conocemos con ese nombre. Para los vecinos es «el anciano de los esquejes». Llegó hace unos meses y la gente cree que está loco. Ahmed sabe dónde encontrarlo.

—Muchas gracias por todo.

Abdulwahid da la vuelta y se dirige hacia la puerta. Ahmed va junto a él.

—¡Alto! —grita Mohamed.

Los dos muchachos se sobresaltan. Uno de los hombres se cruza delante de la puerta empuñando una metralleta.

—Lo siento, primo. Tienen que dormir aquí. Ésta no es una buena noche para andar por las calles de Al-Wahdah.

Hecha la advertencia, Mohamed dirige un gesto a sus compañeros. Los hombres agarran las armas y salen uno por uno de la casa. Mohamed le da dos besos a su primo Ahmed. Antes de cerrar la puerta para siempre, vuelve a hablar:

—¡Nos vemos en el paraíso, amigo!

11

EL ANCIANO DE LOS ESQUEJES

Nada cambia en Bagdad. El estruendo de las explosiones y de los disparos continúa bajo la luna nueva de *dulhiyya*, el último mes del año.

Abdulwahid y Ahmed se comieron los restos de arroz que los milicianos de Mohamed dejaron en una cazuela medio oxidada. También encontraron unas manzanas prodidas que devoraron como caníbales.

No fueron capaces de pegar el ojo en toda la noche, pues enseguida comenzaron a escuchar tiros y explosiones en las cercanías. Durante horas continuó el estrépito, y todavía al amanecer sonaban, a lo lejos, ráfagas perdidas de metralleta. Eso les impidió salir de casa, y con el cansancio y los nervios acabaron por quedarse dormidos, uno junto al otro, sobre una estera.

De repente, el zumbido de un helicóptero que vuela bajo sobre las casas los despierta. Ahmed se levanta y entreabre una ventana para ver cómo están las cosas en el exterior. Cuando la cierra, Abdulwahid intuye en su rostro un signo de intranquilidad.

—¿Pasa algo?

—No, es que estoy un poco nervioso por Mohamed. ¿Estará muerto?

—¡Qué va, hombre! Parecía muy seguro de lo que hacía, ¿no crees?

Ahmed no responde a su amigo y acude a refrescarse a una palangana situada en un rincón. Se lava la cara varias veces. Una vez seca, parece haber dejado en el agua tibia todas sus incertidumbres y que tomó una decisión.

—Ya se está haciendo de noche, Abdulwahid. Es mejor que vayamos en busca de Faysal. Le entregaremos la carta y regresaremos enseguida a Karrada.

—Tienes razón. ¡Vámonos!

El barrio sigue vacío como las dunas del desierto. Los vecinos continúan atrincherados en sus casas. Abdulwahid y Ahmed detectan huellas de bala en el adobe descascarado de algunas de ellas. Después de caminar durante varias horas por las estrechas callejas, dan con el chamizo de Faysal. Llaman a la puerta, pero no abre nadie. Luego gritan su nombre, sin obtener ningún resultado, excepto algunas contraventanas que se entornan en las casas vecinas.

—Aquí no hay nadie. Será mejor que nos vayamos ya, no vaya a ser que nos disparen —dice Ahmed.

—Espera, miremos en la parte de atrás. Puede que esté afuera y que no nos oiga.

Ahmed acepta a regañadientes la propuesta de Abdulwahid. Juntos dan una vuelta alrededor de la casa, se elevan sobre el muro y acechan la almunia. Entre los frutales mustios descubren a un anciano. Viste una chilaba desgastada y un sombrero de paja, y trabaja en lo que parece un jardín. Se mueve con la ayuda de un bastón, tambaleándose entre las filas de macetas de arcilla. Con mucho cariño, el anciano los riega con el agua de una vieja botella de gaseosa. Abdulwahid piensa que no debe tener mucho éxito con su tarea, pues no ve una sola hoja en los esquejes plantados en los tiestos.

—¡Eh, Faysal! —grita Ahmed desde el muro.

El viejo ni se inmuta. Continúa regando sus tiestos, agachándose de vez en cuando para examinarlos de cerca y arañar con los dedos la tierra agostada.

—Quizá esté sordo —comenta Abdulwahid.

—¡Eh, Faysal! —le grita, más duro, Ahmed.

El viejo se gira muy lentamente y mira hacia ellos. Su rostro arrugado parece una uva pasa. Durante un rato los escruta con sus ojos azules, como si intentara reconocerlos. Abdulwahid y Ahmed saben que es imposible, pues es la primera vez que se encuentran.

—Hace mucho tiempo que nadie me llama así, niños. Bájense y les preparo un té. Parecen cansados —les dice pausadamente, mientras deja la botella y entra en la vivienda.

Abdulwahid y Ahmed pegan un salto, caen sobre la tierra de la almunia y lo siguen. Ya en el interior de la casa, se sientan en una estera, ante una bandeja de plata que sostiene una tetera ennegrecida y unas pequeñas tazas. Abdulwahid recuerda que en su casa también había una bandeja como aquélla para cuando las visitas iban a tomar el té, una bandeja que su papá acabó vendiendo para comprar comida. Al poco rato, el viejo aparece con una jarra de agua humeante. Mientras vierte el agua en la tetera, vuelve a hablarles:

—¿Qué se les ofrece?

—Tenemos algo que es suyo dice Abdulwahid entregándole la carta con mucha ceremonia.

El viejo Faysal se sorprende, coge el sobre y lo examina lentamente pasando el dedo por la retorcida caligrafía de su nombre. Emocionado, da la impresión de que va a llorar, pero las lágrimas hacen equilibrio en el precipicio de los párpados, resistiéndose a resbalar por las mejillas.

Faysal cierra los ojos un rato y las lágrimas desaparecen. Coloca la carta sobre el suelo y ofrece el té a sus invitados. Ahmed no da crédito a lo que sucede: después de todos los peligros que corrieron, el viejo lisiado ni se molesta en abrir la carta.

—¿Es que no la va a abrir? —pregunta, exaltado, Ahmed.

—¡Ahmed! —lo regaña Abdulwahid.

—Calma, amigos, no discutan por mí. No necesito abrir la carta. Sé de quién es y lo que contiene. Tomemos el té y luego les cuento una historia.

Los tres toman el té en silencio, a pequeños sorbos, saboreándolo en el paladar y ajenos a la guerra que se libra fuera. El tiempo parece detenerse durante unos instantes mágicos.

—Hace mucho tiempo existía un rey llamado Gilgamesh que gobernaba la ciudad de Uruk...

—¿Uruk? —pregunta Abdulwahid.

—Sí, una antigua ciudad al sur de Bagdad, en la orilla del Éufrates. Y ahora, permíteme continuar. Gilgamesh tenía sometidos a sus súbditos y los maltrataba a todas horas. Los dioses, irritados por su comportamiento, indigno de un buen soberano, enviaron para derrocarlo a un hombre salvaje llamado Enkidu. Sin embargo, en vez de luchar, se hicieron amigos y juntos vivieron grandes aventuras, llegándose a enfrentar a los hombres escorpión y al temible Jumbaba...

—¿Jumbaba? —interrumpe de nuevo Abdulwahid el preguntón.

—Sí, Jumbaba, un gigante de muy malas pulgas, uñas de león, garras de buitre, cuernos de toro y el cuerpo lleno de escamas de color metálico.

—¿Y cómo lo vencieron? —pregunta ahora Ahmed.

—Da lo mismo. Si siguen así, no vamos a acabar nunca.

Abdulwahid y Ahmed se quedan con las ganas de escuchar la historia de la batalla de Gilgamesh y Enkidu con el espantoso Jumbaba.

—Como les decía, se hicieron inseparables, hasta que un día Enkidu murió y Gilgamesh se enloqueció por su pérdida. Pasó el tiempo y Gilgamesh continuaba sin aceptar la muerte de su querido amigo, así que decidió ir en busca del Árbol de la Vida para traerlo de nuevo al mundo de los vivos. Cuando, después de mil y una penurias, por fin lo encontró, una serpiente traidora enviada por los mismos dioses se lo robó delante de sus narices. Desesperado, Gilgamesh...

—¿Y qué tiene que ver todo eso con la carta? —vuelve a interrumpir Ahmed.

—Tienes razón, hijo, me fui por las ramas. Pues bien, ese árbol existe, ¿sabían? Está en el sur, en un islote donde las aguas del Éufrates y del Tigris se encuentran, formando, como ya lo sabrán, el Shatt al-Arab, el gran río de los árabes. Algunos lo conocen por el nombre de Kishkanu, otros por el Santo Espino, que dicen que fue plantado por Adán, el primer hombre de la creación. El día que Sadam Hussein llegó al poder, el árbol se agostó. Y no piensen que el día que se murió floreció de nuevo. No, sigue seco, igual que los frutales de las almunias de Bagdad. Yo conseguí unos esquejes de él. Y, día tras día, los cuido para que broten. Pero no hay manera.

—¿Y la arena? —insiste de nuevo Ahmed.

—¡A ver, a ver! ¿De qué arena hablas, amigo mío?

—De la que hay dentro del sobre —añade Ahmed.

—Dentro del sobre no hay arena. Son sólo unas semillas.

Abdulwahid y Ahmed se miran desconcertados mientras Faysal suelta unas carcajadas a cuenta de ellos.

—¡Dios mío, deberían ver la cara de bobos que están poniendo! La carta me la envía mi hijo desde el mundo de los muertos. Huyó hace unos meses de la ciudad por las amenazas de los milicianos sunitas. Me dijo que intentaría llegar a Siria. Yo me negué a marcharme con él. En esta tierra nací y en esta tierra moriré. No contaba con volver a saber nada de él nunca más. Él conocía mis mañas y, cuando se fue, juró que me mandaría unas buenas semillas para que, por fin, brotara algo en mis macetas.

Faysal rasga el sobre y vuelca una porción de su contenido sobre la palma de su mano: un montoncito de granos amarillos y pepitas marrones.

A ver, pongan las manos, muchachos.

Con cuidado, el anciano deja caer unas semillas en la mano de Abdulwahid y después en la de Ahmed.

—Esto es para ustedes. Y ahora, es momento de que se vayan. Siempre estaré agradecido con ustedes por devolver a mi hijo al mundo de los vivos. Que Alá el Clemente y el Misericordioso los acompañe.

Abdulwahid y Ahmed salen a la almunia y saltan el muro. Antes de irse, deciden espiar a Faysal por última vez. El anciano remueve con sus manos la tierra de las macetas. A continuación, entierra las semillas que le envió su hijo, que se riegan con las lágrimas que caen por su rostro.

12

UNA CARPA EN EL TIGRIS

Con la noche cerrada, Abdulwahid y Ahmed regresan a Karrada por la ribera del Tigris, entre ciénagas y pedregales. Avanzan a tientas, como dos ciegos y, de vez en cuando, tropiezan con algún guijarro o meten el pie en un charco, precipitándose contra el suelo. Pero siguen adelante con perseverancia.

Al llegar al cedro de donde habían salido, casi amaneció por completo. Están cansados, hambrientos y llenos de barro. Por el camino, algo cambió en su interior, aunque ninguno de los dos se percata. No crecieron por fuera, sino por dentro. Claro que ya no son los mismos; aquellos inocentes muchachos que partieron en busca de Faysal ya no existen, aunque queden para siempre en sus recuerdos.

El sol, que ya se vislumbra en el horizonte, marca el final de su aventura, la hora de la separación y de la despedida.

—Aquí concluye nuestra misión, ¿no? —pregunta Ahmed.

Abdulwahid guarda silencio y, por respuesta, encoge los hombros.

—¿Qué vas a hacer ahora? —insiste Ahmed.

—No lo sé. ¿Y tú? —le pregunta con desgana Abdulwahid.

—Tengo que regresar a mi casa, Abdulwahid. Mi mamá debe estar a punto de enloquecerse pensando que ha perdido otro hijo.

—Lo entiendo. Yo me quedaré aquí un rato mientras decido lo que voy a hacer.

—Mejor será que hagas como yo y vuelvas a casa. Tus papás deben estar muy preocupados.

Abdulwahid no responde y Ahmed se queda observando cómo el cedro dibuja sombras sobre el suelo con los primeros rayos del sol. Parece que intentara leer en ellas lo que habrá de depararles el futuro.

—¿En qué piensas ahora? —pregunta Abdulwahid.

—En Mohamed.

—Estará bien, no te preocupes. Tiene más vidas que un gato. Y ahora, es mejor que te vayas. Muchas gracias por todo, Ahmed.

Situados frente a frente, ninguno de los dos sabe muy bien qué hacer. Abdulwahid da el primer paso. Se despiden con un fuerte abrazo y se besan varias veces en las mejillas, como si fuera la última vez que se van a ver.

—Nos encontraremos muy pronto, Ahmed.

—¿Tú crees?

—Estoy seguro. Vas a ver que no pasa mucho tiempo antes de que el Árbol de la Vida brote de nuevo en aquel islote en medio del Shatt al-Arab.

—Pero... ¿te comiste la historia de Faysal?

—Pues, claro que sí. ¿Tú no?

—No lo sé, Abdulwahid, no lo sé.

—No perdemos nada con creerle. Es lo único que nos queda, Ahmed. Nadie nos puede robar esa esperanza. Nadie. Nos pertenece.

—Si tú lo dices...

—No lo digo yo. Es la verdad.

—Adiós, Abdulwahid.

—Hasta pronto, Ahmed.

Abdulwahid permanece sentado en el lugar mientras observa a su amigo alejarse calle arriba. Ahora le parece más alto y fuerte que nunca. Los perros despiertan de un mal sueño en sus guaridas, se espabilan lentamente y aúllan dando los buenos días a todos los vecinos de Karrada. Antes de que Ahmed doble la esquina, Abdulwahid lo llama por última vez:

—¡Ahmed! ¡Ahmed!

—¿Qué quieres? —responde voltéandose.

—¡Júrame que plantarás las semillas!

—¡Lo haré, hombre, lo haré!

—¡Júramelo por el Profeta! ¡Por el Profeta!

Ahmed duda si cometer semejante blasfemia. Pero decide que vale la pena, si eso contenta a su amigo del alma.

—¡Te lo juro por el Profeta, Abdulwahid! —le dice antes de perderse por las callejas de la barriada.

Los perros se callaron y, con diligencia, escudriñan los callejones en busca de un desayuno cada vez más caro. Abdulwahid sigue allí sentado, sobre el suelo alfombrado de hojas. Tiene miedo de regresar. Lo atormenta la idea de que esa pesadilla que lleva persiguiéndolo todas estas noches, a todas horas, se haga realidad al abrir la puerta de su casa. Teme que su papá esté muerto, con el cuerpo cubierto con una minara, y que su mamá se haya enloquecido durante su ausencia, perdida para siempre en aquella letanía interminable de los noventa y nueve nombres de Alá.

Mientras se devana los sesos con estas preocupaciones, Abdulwahid juega con las semillas que lleva en el bolsillo. Contempla cómo las aguas arcillosas del Tigris bajan pausadamente. De repente, una carpa dorada salta sobre ellas y, antes de sumergirse de nuevo, da una voltereta en el aire. Sorprendido por la presencia del pez, Abdulwahid sonríe.

El simún comienza a bramar. Abdulwahid cierra los ojos y deja que sus ráfagas le azoten la cara. Se asusta cuando algo más le golpea el cuerpo; abre los ojos y descubre una hoja de periódico enredada en su pierna. Sin nada mejor que hacer y para distraerse de esos augurios que lo asaltan, le echa una ojeada y se queda perplejo ante la imagen que descubre: una mujer sostiene una fotografía en la palma de su mano. En ella puede verse a un hombrecillo con mallas negras que levanta sobre su pecho una barra con unos enormes discos. Abdulwahid reconoce al deportista y, muy despacio, lee en voz alta el pie de la imagen:

«Sabawahid Aziz muestra, en su casa de Basora, una fotografía de su papá, el levantador de pesas Abdulwahid Aziz. Sabawahid tenía cuatro años cuando él ganó la medalla de bronce, en la categoría de peso ligero, en las Olimpiadas celebradas en Roma en 1960. En el año 1990, la medalla fue confiscada por Uday Hussein, presidente del Comité Olímpico Iraquí, y ahora fue devuelta a su familia».

Abdulwahid llora, pues no sabe si llegará a tiempo para contarle la noticia a su papá.

Entre lágrimas, dobla la hoja del diario y la guarda en el bolsillo. Cuando se levanta, siente a lo lejos el familiar runrún de un motor. Gira la cabeza y distingue una motocicleta que, golpeada por mil sitios, baja tambaleándose de un lado a otro del callejón.

Nada cambia en Bagdad. El estruendo de las explosiones y de los disparos continúa este primer día de *muharram*, el mes que inaugura un nuevo año.

ÍNDICE